이창숙

한양대학교 대학원 문화인류학박사
현) 원광대학교 예문화와다도학과 초빙교수
현) 문화살림연구원장

〈저서 및 주요논문〉
『커피와 차, 인문으로마시다』
「한국 현대 茶道의 여성화와 그 특성」
「한국 '茶道' 傳統의 재창조 과정에 대한 一考」
「기호식품으로서 茶의 이미지 형성과 효과」
「茶, 生理活性에 대한 綜合的 考察」등.
전북도민일보(2017~현재) 기획특집, 이창숙 칼럼 '소
맛, 소통의 맛' 연재 중.

초의 의순의 동다송·다신전 연구

초의 의순의
동다송 · 다신전 연구

박동춘 · 이창숙 著

이른아침

초의선사는 조선 후기 사라져 가는 차 문화를 중흥
한 인물이다. 어린 나이에 운흥사 벽봉에게 출가한 그는
완호 스님과 불연(佛緣)을 맺고 대흥사로 수행처를 옮긴
다. 이는 그의 삶에 중요한 전환점이 되어 다산(茶山) 정
약용(丁若鏞)을 만나 학연을 맺게 된 것이다. 이로부터
초의는 다산의 아들 정학연을 만났고 추사(秋史) 김정희
(金正喜)로 연결된 것이다. 초의가 경화사족들과 폭넓은
교유를 확대할 수 있었던 건 추사와의 인연 때문이다.
정학연도 초의의 교유 확대에 힘을 보탠 인물이었다.

초의가 차에 깊이 관심을 가진 것은 대흥사로 수행
처를 옮긴 1809년 이후의 일이다. 당시 대흥사에는 아
암과 그의 제자들과 완호 등 차에 밝은 승려들이 있었
고, 풍요롭지는 않더라도 선종 사찰의 음다 풍속이 근근
이 이어지고 있었다. 특히 1809년 다산을 흠모한 그가
강진 초당을 찾았을 때, 다산의 차에 대한 관심을 눈여

겨봤기에 초의는 1815년 처음으로 한양을 방문하여 추사를 만날 때 예물로 차를 준비했던 것이다. 학림암의 첫 만남에서 추사는 연경을 방문했을 때 옹방강을 만난 일과 완원에게 대접받은 용봉승설차의 감동적인 차의 풍미를 초의에게 전했을 것이다. 그러므로 초의는 꿈에도 잊지 못할 아름다운 차를 만들고자 노력했던 것이며, 그 결과 초의차는 제주 유배 시절 추사로부터 '다삼매를 나툰 차'라 인정을 받았다.

그가 '초의차'를 완성할 수 있었던 배경은 무엇일까. 그 연유를 살펴보면 바로 명대(明代)를 풍미한 산차(散茶) 제다법에 천착하여 제다법의 이론을 정립했기 때문이다. 1828년 그가 서상수계를 받기 위해 칠불암을 방문했을 때, 『만보전서』에 수록된 다서를 등초하여, 1830년 『다신전』으로 편찬한 연유도 이와 관련이 있다. 물론 그가 『다신전』의 후발(後跋)에서 "수홍 사미가 시자 방에 있을 때 다도를 알고자" 했고, 또 "총림(승단)에는 혹 조주의 유풍이 있었지만 모두 다도를 모른다. 그런 까닭으로 뽑아 기록했다"는 입장을 밝혔지만, 그 뜻은 표면적인 명분일 뿐 그 속에 함의된 깊은 뜻은 제다법의 원리를 터득하기 위한 것이었다고 생각한다.

그는 1830년 두 번째 상경에서 홍현주, 이만용, 홍성모 등 경향의 이름 있는 선비를 만난다. 이때도 차를 예물로 가져와 그와 교유했던 인사들에게 나눠 주었지만, 완성된 차는 아니었다. 1831년 봄, 홍현주가 마련한 청량산방 시회는 초의의 명성이 세상에 회자되는 계기가 되었다.

박영보가 초의차를 만난 것은 1830년이다. 당시 박영보는 초의와 교유하지 않았다. 그런데도 그가 초의차를 얻을 수 있었던 건 그의 지기 이산중이 나눠주었기 때문이다. 그는 이 차를 스승 신위와 함께 맛본 후, 그

감동을 「남다병서」에 드러냈다. 후일 신위는 제자 박영보가 지은 「남다병서」에 화답하여 「남다시병서」를 지었다. 이 두 편의 다시는 조선 후기 차 문화사를 풍요롭게 했을 뿐 아니라 당시 사대부들의 차에 대한 관심을 짐작하게 한다.

초의가 「동다송」을 지은 것은 1837년이다. 홍현주의 부탁으로 저술한 「동다송」은 차의 가치와 우리 차의 우수성을 만천하에 드러냈다. 그러기에 초의와 교유했던 경화사족들은 그를 '전다박사'라 칭송한 것이니, 이는 그가 차에 밝은 승려라는 점을 인정한 셈이다. 특히 「동다송」은 우리나라 차 문화의 진가를 논증할 다서라는 점에서 그 의미가 크다.

지금까지 「동다송」 판본은 아모레퍼시픽본이 주류를 이뤘다. 그러나 이 판본은 오탈자가 많아 본의를 파악하기엔 부족한 점이 많았다. 이후 몇 종의 필사본 「동다송」이 발굴되었지만, 그 한계를 벗어나지 못했다. 이는 초의 친필본 「동다송」이 발굴되지 않은 탓에 생긴 혼란 이었다. 어느 해던가. 송광사에서 다송자의 『백열록』에 수록된 「동다송」이 발굴되어 그나마 부족한 부분을 채 워주긴 했지만, 만족스러운 상태는 아니었다. 그런데 2014년 모 옥션에 출품된 「동다송」은 초의와 교유했던 구명회가 소장했던 필사본이다. 이는 구명회의 사랑채 당호가 석경각(石經閣)이었기에 '석경각본'이라고 한다. 필자의 눈에 띈 것은 이 「동다송」의 첫 장에 수록된 초 의의 친필이었다. 바로 '海居道人 垂詰製茶之候 遂謹 述東茶頌一篇以對'[해거도인(홍현주를 뜻함)이 차 만드는 상황 을 물으시기에 마침내 동다송 일편을 조심스럽게 지어 답합니다.] 라는 묵서이다. 그러므로 석경각본은 적어도 초의가 열 람한 판본이라는 점에서 초의의 친필본 자료와 동일한 사료적 가치를 지닌 자료라 생각한다.

이번에 출판하는 『초의 의순의 동다송·다신전 연구』
는 이 석경각본을 저본으로 번역하였다. 이 판본의 소장
자에게 깊이 감사드린다. 아울러 초의의 생애, 『다신전』,
과 「동다송」에 관한 보충설명 및 박영보의 「남다병서」
와 신위의 「남다시병서」를 함께 수록하여 초의뿐 아니
라 동시대 차를 즐겼던 경화사족들의 차에 대한 인식도
함께 살펴보고자 했다.

끝으로 원광대학교 이창숙 초빙교수가 이 연구에 참
여하여 더욱더 충실한 초의 연구가 진행되었다. 그리고
어수선한 시절인데도 불구하고 선뜻 이 책을 출판해준
'이른아침' 김환기 대표와 관계자께도 두 손 모아 감사
를 표한다.

2020년 3월 운니동 용슬재에서

차
례

책을 내며   004

제 I 장 茶聖 초의

1. 초의 의순의 생애   014

  1) 생애   014

  2) 사승관계   031

  3) 저술   035

2. 『다신전』 편찬 배경   068

3. 「동다송」 저술 배경   073

  1) 저술 배경   073

  2) 저술 의의   077

  3) 체제 및 인용 문헌   078

제 II 장 다신전과 동다송

1. 『茶神傳』 원문 및 번역문   082

2. 「東茶頌」 원문 및 번역문   118

제Ⅲ장 초의차의 예찬

1. 금령 박영보의「남다병서」저술 배경   164
  1) 생애   164
  2) 저술 배경   165
2.「南茶幷序」원문 및 번역문   167
3. 자하 신위의「남다시병서」저술 배경   175
  1) 생애   177
  2) 신위와 초의의 교유   182
  3) 신위의 초의차 애호   197
4.「南茶詩幷序」원문 및 번역문   200

제Ⅳ장 초의 의순 연표   210

참고문헌   234

東茶頌承海道人命作

艸衣沙門

后皇嘉樹配橘德受命

生南國蜜葉鬪霜貞冬

제 Ⅰ 장

茶聖 초의

---

1. 초의 의순의 생애

2. 『다신전』 편찬 배경

3. 「동다송」 저술 배경

초의 의순의 생애[1]

1) 생애

초의 의순(1786~1866)은 전남 나주시 삼향면[2]에서 태어났다. 본관은 홍성장씨(興城張氏)로 주부공파의 18대 손이다.

속명은 우순(宇恂)이고, 아버지의 이름은 주팔(籌八)이다. 그의 속가 가계는 19세에서 손이 끊어졌기 때문에

---

1 초의의 생애는 『동사열전』, 『일지암시고』, 김정희, 신위, 정학연, 허련 등 초의와 교류했던 인사들이 보낸 편지 및 문집을 참고하여 서술하였다.

2 覺岸, 「草衣禪伯傳」, 『東師列傳』(한불전 10, 1039.上). "張氏 羅州三鄉人", 현재는 전남 무안군 삼향면으로 바뀌었다."

초의선사 초상

초의 아우인 우열(宇烈)의 아들 선규(善奎)가 대를 이었다.[3] 범해의『동사열전』에 의하면 "어머니 꿈에 여섯 개의 별이 품으로 들어오는 꿈을 꾸고 임신이 되었다"[4]라고 하였다.

"5세 때, 급류에 휩쓸려 떠내려가는 것을 구해준 사람이 있었다"[5]라고 한 사실과 "그의 선친이 살던 산 오른쪽에 새로 집을 마련했다"[6]라고 하였다는 점에서 그가 출가하기 전까지는 삼향의 새터[新基]에서 살았던 것으로 짐작된다.

15세 때 그의 출가 이유는 "늙은 무당이 나의 부모를 그릇되게 하여 머리털을 자르고 승려가 되었다"[7]라는 글로 미루어 보아, 명을 잇기 위한 것이라 생각한다.

3　『草衣全集』5(草衣文化祭執行委員會 編, 1997), p.14.

4　覺岸, 위의 책. "母夢六星入懷仍有娠."

5　覺岸, 위의 책. "五歲墮悍流中 有挾而出者."

6　意恂,「歸故鄕」,『草衣詩稿』(한불전 10, 858.下). 이 시의 부제에 "당시 아버지께서 舊山의 오른쪽에 새 터를 개척하셨다.(當時先君開新基 於舊山之右)"라 하였다.

7　申櫶,「水鍾寺詩遊」,『신헌전집』상, (아세아출판사, 1990), p.628. "巫婆兒誤我爺娘 薙髮毛爲僧 旣一死矣."

초의는 남평에 있는 운흥사에서 벽봉(碧峰, ?)에게 출가한다.[8] 법명은 의순(意恂), 자는 중부(中孚)이며 초의(草衣)는 완호(玩虎, 1758~1826)에게 받은 법호이다.

자우(紫芋)·우사(芋社)·해옹(海翁)·해양후학(海陽後學)·해상야질인(海上也耋人)·해노사(海老師)·초사(艸師)·일지암(一枝庵)[9]·명선(茗禪)[10] 등 별호를 썼다. 그는 선교 융합의 수행을 실행한 수행승으로, 선(禪)·교(敎)·율(律)과 시(詩)·차(茶)는 물론 불화(佛畫)[11]에도 일가를 이룬

---

8 覺岸, 위의 책 "十五 忽有出家之志 投南平雲興寺 剃染于碧峰敏性."

9 覺岸, 「草衣禪伯傳」, 『東師列傳』(한불전 10, 1039.上). "師名意恂 字中孚 號草衣 又曰一枝庵."

10 황상의 「乞茗詩」에 "茗禪이란 아름다운 號는 學士께서 주신 것이다 (茗禪佳號學士贈)" 이 시구의 하단에 "추사가 茗禪이란 號를 주었다(秋史贈茗禪之號)"라고 하였으니, 學士는 추사라는 것이 이 註를 통해 드러났다. 이로 인해 茗禪은 金正喜가 草衣에게 준 號라는 사실도 밝혀졌다. 추사가 쓴 '茗禪'이라는 글씨는 현재 간송미술관에 소장되어 있다. 茗禪이 草衣의 號라는 것은 2004년 박동춘의 석사논문 「草衣 意恂의 茶道사상 연구」에서 처음 발표되었다.

11 草衣가 불화를 그린 정황은 許鍊이 보낸 서간문이 최근에 발굴되면서 더욱 확실해졌다. 1865(을축)년 4월 29일 보낸 許鍊의 서간문에 "且十六羅漢圖 願借事 亦有詳及耶"와 梵海의 「題草衣長老畫 十八羅漢圖」"草衣寫眞歲月傳"을 통해 草衣가 나한도를 그렸음을 알 수 있다.

선백(禪伯)[12]이었고 틈틈이 범자를 익혔다.[13] 이러한 시절 인연을 바탕으로 훗날 초의라는 큰스님이 되었다. 헌종(6년, 1840)은 "대각등계 보제존자 초의대선사(大覺登階普濟尊者草衣大禪師)"라는 시호를 내린다. 이는 청허 휴정(1520~1604) 이후 처음으로 승려에게 내린 시호라는 점에서 그의 수행력과 불교계에서의 위상을 짐작할 수 있다. 19세에 월출산에 올라, 해가 지고 달이 뜨는 광경을 보고 마음이 모두 열리는 경지를 얻었다[14]는 사실은 신헌이 쓴 「초의대종사탑비명」에 다음과 같이 언급한 바가 있다.

스무 살 때쯤에 월출산을 지나다가 산세의 빼어남에 이끌려 자신도 모르게 따라가 홀로 산정에 올랐다. 멀리

12　覺岸의 『東師列傳』「草衣禪伯傳」에서 초의를 禪伯으로 표현하고 있다. 覺岸의 『東師列傳』에서는 선사들의 명칭을 和尚, 國師, 法師, 大師, 王師, 禪師, 祖師, 大德, 尊者, 宗師, 講師, 講伯, 大士, 禪伯 등으로 존칭한다.

13　申櫶, 「草衣大宗師塔碑銘」, 『草衣詩集』(한불전 10, 869.下). "演敎之餘 兼習梵字."

14　覺岸, 「草衣禪伯傳」, 『東師列傳』(한불전 10, 1039. 上-中). "十九 登月出山 適日落月出 夜坐望月 心胸開通."

월출산

바다에서 만월이 뜨는 것을 보고 황홀하여 마치 종고(宗
杲)의 훈풍을 만나 마음에 막힘이 없어진 것 같았다. 이
후로 대하는 것마다 거슬림이 없었으니 아마도 그것은
전생의 인연이 있어서 그런 것이리라.[15]

---

15 申櫶,「草衣大宗師塔碑銘」,『草衣詩稿』(한불전 10, 869中-下). "弱冠愛其
奇秀 不覺縱步 獨躋其巓 望見滿月出海 怳若杲老之遇薰風 去却碍膺
之物 自是以往 所遇無所忤者 殆其有宿氣而然歟."

초의가 월출산 산정에 올라 바다에서 떠오르는 만월을 본 후, 마음에 한 점의 걸림이 없었던 것은 대혜종고 (大慧宗杲, 1089~1163)의 훈풍을 입었기 때문이다. 이러한 개오(開悟)의 경지는 전생의 인연이 있었기에 가능했을 것이다. 월출산에서 큰 깨달음을 경험했던 시기에 초의가 운흥사를 떠나 대둔사로 갔는지는 확실치 않다. 다만 그의 시 「8월 15일 새벽에 앉아서(八月十五日曉坐)」는 1807년(정묘)에 쌍봉사에서 지었고, 1809년(기사)에 대둔사에서 「봉정탁옹선생」을 지었다. 그러므로 그가 운흥사를 떠난 시기는 대략 정묘년(1807) 8월 15일 이후부터 1808년 사이일 것으로 추정된다.

운흥사로 출가한 후, 한때 쌍봉사에서도 머물렀는데, 대략 운흥사에서 5~6년 정도 머물다가 쌍봉사를 거쳐 대둔사로 수행처를 옮겼을 것으로 추정된다. 초의가 1809년 대둔사로 거처를 옮긴 것은 운흥사에서 한 철 수행했던 완호와의 인연 때문이다. 대둔사로 거처를 옮기기 전, 그는 여러 곳의 선지식들을 찾아 두루 참구하

쌍봉사

였는데,[16] 이러한 과정에서 참문을 통한 견문의 확장뿐
만 아니라 삼장(三藏)에도 능통할 수 있었다.[17] 그는 선

---

16 意恂, 「奉呈籜翁先生」, 『草衣詩稿』(한불전 10, 832.下). "南遊窮百城 九違
靑山春."

17 覺岸, 「草衣禪伯傳」, 『東師列傳』(한불전 10, 1039中). "偏參知識 學通三
藏."

교융합(禪敎融合)을 중시하여 교학과 참선을 깊이 참구하여 선의 생활화라는 새롭고도 적극적인 선풍[18]을 실천한다. 그의 이러한 수행 경향은 휴정, 월저(月渚, 1638~1715), 환성(1664~1729), 연담과 완호 등으로 이어진 대둔사의 선풍에서 영향을 받은 것이다. 특히 대둔사는 호남의 대표적인 사찰로, 교학 강의와 수선을 겸한 선교겸학의 체계로 선교 양종의 승풍을 이은 대찰이다. 따라서 초의는 휴정의 선교일치를 따르는 한편, 조사선과 여래선으로 연결지으면서 거기에는 우열이 없다는 견해를 보였다.[19]

한편 그가 금계의 율맥을 이었다는 사실에서도 알 수 있듯이 그는 계율을 중요시하였다. 그가 지은 「대승비니계안서(大乘毘尼戒案序)」에서 계율의 중요성을 다음과 같이 강조하였다.

유가는 예로써 인의를 세우니 이것이 없으면 무너진다.

---

18 박종호, 「草衣의 二種禪 一考」, 『불교학보』 40(동국대 불교문화연구원, 2003), p.24.

19 박종호, 위의 책, p.18.

불가는 계율로 정혜를 지키니 이것을 버리면 상한다. 따라서 인의에서 예를 버린 자와 함께 유학을 말할 수 없고, 정혜에서 계율을 지키지 않으면 그와 함께 깨달음을 말할 수가 없다. 이러한 이치를 알고 행하는 사람은 잠시라도 계율을 떠날 수 없다.[20]

윗글에서 초의가 강조한 것은 불가에서는 정혜로 계율로 지킨다는 것이다. 만약 계율을 버린 사람이라면 깨침에 대해 말할 수 없다는 점을 강조했다. 그가 계율의 중요성을 얼마나 강조하고 있는지를 드러낸다. 그뿐 아니라 그는 "계율의 종류도 거사계, 사미계, 비구계, 보살계가 있다. 이것을 합하여 말하면 삼학의 강령이 되고, 이 강령을 나누어 말하면 대·소의 이승(二乘)이다"[21]라는 입장을 분명히 피력하였다.

20　용운 편, 「大乘毘尼戒案序」, 『草衣禪師全集』(아세아출판사, 1985), p.273.
　　"儒以禮立仁義 無之則壞 佛以律持定慧 去之則喪 是以離禮於仁義者
　　不可與之言儒 異律於定慧者 不可與之言佛 達是道而行之者 不可斯須
　　離戒也."

21　용운, 위의 책, "有居士戒沙彌戒比丘戒菩薩戒 總之爲三學之綱領 別
　　則爲大小之二乘."

그의 선관은 견심즉불(見心則佛)이며, 수행관은 일미 선을 통한 평등을 실현하고자 했다. 이러한 그의 수행의 입장은 「상일미선생서(上一味先生書)」에 다음과 같이 피력하였다.

총(摠)은 부처가 이룬 한마음[一心]이며, 별(別)은 부처가 사안에 따라 베푸는 방편이다. 총이 별을 떠날 수 없으니 (이것은) 바로 한 마음이 드러난 것이 곧 법이요 별은 총을 떠나지 않으니 만법이 모두 일심인 것을 알아야 한다. 법은 마음을 떠나서는 법이 될 수 없고 마음은 법을 떠날 수 없는데 다만 어리석음이 스스로 (총과 별로) 나 눈 것일 뿐이다.[22]

이 글을 통해 총별은 원래 일심이고 법이니 서로 나 눌 수 없는 것이며 분별하는 마음은 어리석음에서 일어 난다고 하였다. 대장경에서 제시한 가르침이나 조사서

---

22 意恂, 「上一味先生書」, 『草衣詩稿』 卷下(한불전. 10. 868.下). "摠者諸佛所 致之一心也 別者諸佛隨宜 演唱方便事也 須知摠不離別 卽一心現乃法 別不離摠 惟萬法皆一心也 法無心外之法 心非法外之心 但迷悟之自分 耳."

래(祖師西來)는 "다만 사람들이 이 마음을 깨치게 함이니 이 마음을 한번 깨달으면 자연히 차별명상(差別名相)의 장애가 없어진다"[23]라고 한 그의 입장을 분명히 하였다. 선종의 문하에서는 "무수(無修)로서 증(證)하고 증(證)을 끊어서 증(證)하나 무수(無修)이기 때문에 직견자심(直見自心)하며, 증(證)을 끊는 고로 견심즉불(見心卽佛)한다"[24]라고 하였다. 따라서 초의의 수행관은 직견자심(直見自心)으로 견심즉불 하는 선종의 입장이며, 그것은 초의 다도관에 일관되게 드러난다.[25]

그가 연구를 통해 체득한 차의 원리는 대둔사의 선다(禪茶) 정신뿐 아니라 쇠락했던 우리의 차 문화를 중흥시킨 동력이었다. 그뿐만 아니라 그가 만든 초의차(草衣茶)는 실증적인 경험을 체계화한 것이다. 그는 우리 차

---

23 意恂, 앞의 책, "夫一大藏教 祖師西來只要人悟此心 此心一悟 自然不被差別名相之所碍."

24 意恂, 앞의 책, "以無修而證 絶證而證 無修故直見自心 絶證故 見心卽佛 心不可見 以悟爲見 佛不可 卽 忘悟爲卽."

25 청허(1520~1604)와 편양(1581~1644), 풍담(1592~1655), 환성(1632~1704), 연담(1720~1799), 완호(1758~1826) 등 대둔사 선지식들의 사상과 수행 풍토는 초의(草衣)의 사상적 토대를 구축하는 데 영향을 미쳤다.

옹방강 초상

에 대한 자신감을 드러냈으며 초의와 교유했던 경화사
족들은 초의차를 통해 우리 차의 우수성을 인식하였다.
이들의 차에 대한 관심은 조선 후기 차 문화를 중흥할
수 있었던 원동력이었다.

초의는 차와 시를 통해 북학파 경화사족들은 물론 지
방의 유학자들과 교유함으로써 새로운 문물과 사조에
눈을 뜨는 계기를 마련하였다. 더구나 청(淸) 학예를 대
표하는 옹방강(翁方綱, 1733~1818)과 서적을 주고받았는
데, 이는 김정희를 통해 이루어졌던 것으로 생각된다.[26]

초의는 도가(道家)의 양생법에 밝았던 김각(金珏)[27]을
통해 연단술(練丹術)에도 관심을 가졌으며, 풍수지리[28]
에도 이해가 깊었다. 시문에 밝았던 김각과도 막역한 교

---

26 청대의 고증학자인 翁方綱은 大興에서 『圓覺經』을 寫經하여 草衣에
게 보내기도 하였다. 翁方綱이 사경한 『圓覺經』은 최근까지 應松이
소장하였다.

27 호남 七高朋 중의 한 사람으로 함양 사람으로 전해지지만, 해남에 머
물기도 하였다. 그의 생몰은 밝혀지지 않았으나, 字는 太和, 號는 雲
菴, 雲翁, 雲臥, 雲广 등이며, 호남의 七高朋은 盧質, 李學傳, 金珏, 沈
斗永, 李三晚, 草衣, 海鵬이다.

28 草衣의 친필본 『眞指原眞』 5권은 풍수서를 필사한 자료이다. 이를 통
해 그는 풍수에 대한 도서를 필사했을 뿐만 아니라 혈맥을 그려, 실제
답사를 통해 풍수를 익혔던 정황이 드러난다.

분을 나눴는데, 김각과 함께 지은 시축이 여러 편 전해진다.

초의는 백파(白坡, 1767~1852)의 『선문수경(禪文手鏡)』에 대해 반박한 『선문사변만어(禪門四辨漫語)』를 지었는데 이러한 초의의 저술은 침체한 조선 불교계에 새로운 활력을 불어 넣어 백파와 초의의 제자들에 의해 서로의 입장을 옹호하면서 많은 학승들의 본격적인 선리 논쟁으로 발전, 근·현대로 이어졌다.[29]

초의가 쓴 『일지암시고』에서는 그의 행적을 시기별로 살필 수 있다. 이 시집에는 시작(詩作) 시점의 간지(干支)와 장소, 당시의 상황들이 소상히 기록되어 있어서 구체적인 활동 상황과 교유 인사들을 밝히는 데에 중요한 단서를 제공한다. 초의와 교유했던 사대부들이 남긴 시문과 편지 등도 초의의 업적을 밝힐 수 있는 중요한

---

[29] 白坡의 문인인 優曇(1822~1881)은 『禪門證正錄』을 지어 白坡를 비판하였고, 白坡의 4대 법손인 雪竇(1824~1889)는 『禪源遡流』를 지어 白坡를 옹호하는 한편 草衣를 비판하자 법주사 승려였던 竺源(1861~1926)은 『禪門再正錄』을 지어 白坡와 雪竇를 비판하였다. 이후 이 논쟁은 1910년대 이능화와 1970년대 한기두가 「白坡와 草衣시대의 선논쟁」(박길진기념논문집, 『한국불교사상사』, 원광대출판국, 1975)에서 논의를 지속하였다.

자료이다. 이외에도 많은 자료를 통해 초의의 전반적인 생애는 어느 정도 조명해볼 수 있다.

초의의 행적을 살필 수 있는 자료로는, 신헌의 「초의 대종사탑비명」, 이희풍의 「초의대사탑명」, 홍석주의 「초 의시집서」, 신위의 「초의시집제」, 윤치영(1803~1857)의 「초의시고발」, 신헌구(1810~1884)의 「초의시집서」, 범해 의 『동사열전』·『다비계안』, 허련의 『몽연록』, 박한영 (1870~1948)의 「초의비명」, 이능화(1869~1945)의 『조선불 교통사』 등이 있다.

초의는 일지암(一枝庵)과 용마굴(龍馬窟), 쾌년각(快年 閣) 등을 지어 거처하였는데, 그가 마지막에 거처한 곳 은 쾌년각이다. 이곳은 그가 1851년에 상량한 대광명전 의 부속 별채로[30] 짐작된다. 초의가 일지암을 떠난 것은 대광명전 상량 이후라 여겨진다.[31] 이는 그가 1866년(병 인) 7월 2일, 쾌년각에서 열반하였다는 사실에서 확인할

---

30 朴暎熙, 『東茶正統考』(호영출판사, 1985), p.239.

31 金正喜가 보낸 1851년경 편지와 許錬의 『夢緣錄』에도 초의가 새 절을 지었다는 사실이 보인다. 실제 草衣는 1851년에 「大芚寺新建光明殿上 梁文」을 지었으며, 이 해에 윤치영은 「大光明殿新建記」를 지었다.

대흥사 대광명전

초의 의순의 동다송·다신전 연구

수 있다.[32] 그의 열반에 대해서는 이희풍의 「초의대사탑명」과 범해(1820~1896)의 『동사열전(東師列傳)』에 실린 두 가지 설이 있다. 하지만 『다비계안(茶毗契案)』에 1866년(병인) 7월 2일로 기록된 것으로 보아 범해의 설이 타당해 보인다. 당시 그의 세수는 81세였고 법랍은 66세였다.

2) 사승관계

초의의 사승 문제는 그의 유품 목록인 『일지암서책목록』을 통해 구체적으로 드러난다. 이 목록에 따르면 초의의 은제자(恩弟子) 내일(乃一)과 법제자 월여(月如, 1824~1894)에게 초의의 가사와 생활용품들이 전해졌는데, 이들에게 증여된 구체적인 물품과 수량, 종류가 밝

---

32 草衣의 열반일은 乙丑年 8월 2일이라는 설과 7월 2일이라는 설이 있는데, 이희풍의 「草衣大師塔銘」에는 乙丑年 8월 2일이라 하였고, 覺岸의 『東師列傳』에는 乙丑年 7월 2일이라고 하였다.

혀져 있다. 초의의 가사는 총 여섯 벌[領][33]이었던 것으로 밝혀졌는데, 월여에 두 벌, 내일에 한 벌이 전해졌고, 세 벌은 진불암에 보관되었다. 초의가 썼던 생활용품은 「산업물종기」에 자세히 기록되어 있는데, 주로 일상용품인 대왈(大曰) 및 대접(大接), 접시(接是), 초왈(艸曰), 종자(宗子), 시자(匙子), 전폐궤(前閉樻), 저미대궤(貯米大樻), 주상(舟床), 소반(小盤), 필상(筆床), 병풍(屛風), 장옹(醬瓮), 죽롱(竹籠), 상자(箱子), 옥연갑(玉硏匣), 가사(袈裟) 등 총 36종에 이른다.

초의의 생활용품 중에 월여에 6종이 증여되고, 내일에게는 15종이 증여되었다. 이들에게 증여된 물품의 종류와 수량을 구체적으로 살펴보면 내일에게는 대왈 중 유구개 1립[34]과 놋쇠로 만든 대접 1립, 주상 2개[座],[35] 필상 1개, 옥연갑 1개가 증여되었다. 월여에게는 대왈 7립 중 유구개 1립과 대접 1립, 접시 3립, 죽왈 1립, 종자

---

33 領은 數量詞로 가사의 단위를 나타낸다.

34 立은 수량을 나타내는 단위이다.

35 座는 그릇의 수를 세는 양사이다.

초의선사의 흑색 다관

1립, 시자 1립, 전폐궤 1개, 저기궤 1개, 저미대궤 1개,[36] 소반 1개(육방반), 필상 1개, 병풍 1벌(육바라밀 6폭), 장옹 1개, 죽롱 1개, 상자 1개 등이 증여되었다.

당연갑 1개를 월여가 마음대로 가져갔다는 사실도 자세히 기록해 두었다. 특히 이 유품 목록에는 초의의 제위답이 기록되어 있어 초의의 경제 규모를 파악할 수

---

36 貯米大櫃 1개의 용량은 쌀 80말이다.

있다는 점에서 주목된다. 초의의 제위토가 서암과 월여, 내일에게 증여되었다는 사실을 통해 은제자인 내일과 법제자인 월여, 서암이 직전 제자였다는 것이 밝혀져, 초의의 법계 연구에 중요한 단서를 제공했다.

초의 법제자인 서암의 법계는 쌍수(雙修)와 상운(祥雲, 1827~1894)으로 이어졌고, 월여의 법계는 야은(冶隱)으로 전해졌다. 특히 차에 밝았던 상훈(尙熏)은 원래 완호의 제자인 환봉(煥峰)의 제자로 초의에게 대승계를 받았다. 당시 호의(縞衣)와 하의(荷衣), 초의(草衣)의 제자들 간에는 서로 계를 주고받는 경우가 많았다.

특히 초의 제자 상훈과 자흔이 차를 잘 만들었던 것 같다. 추사 김정희는 편지에서 "자흔과 상훈이 각각 멀리서 보낸 것이 있는데, 그 뜻이 정말로 후하다. 나를 대신해 감사하다고 해주시구려"[37]라거나 "자흔, 상훈이 있는 곳도 일일이 찾아 아울러 빨리 보내주오"[38]라고 한다. 이러한 내용으로 보아 초의 제자 중에는 제다에 출

---

37 金正喜, 『완당전집』, p.336. "自欣尙熏之各有遠貽 其意良厚 爲我代致款謝也."

38 金正喜, 위의 책, p.336. "欣熏諸衲處 ㅡㅡ討出 幷寄速便."

중한 안목을 가진 인물이 있었고, 이들이 만든 차품도
우수했으며, 초의가 기거했던 대둔사 산내 암자에서도
차가 만들어졌음을 알 수 있다.

3) 저술

초의의 저술에는 선리 문제를 다룬 선론과 시문, 차
의 이론을 정립한 다서 등이 있다. 특히 그가 저술한 「동
다송」은 조선 후기 사대부들의 차에 대한 관심을 반영
했을 뿐 아니라 초의의 차에 대한 견해가 잘 드러났다
는 점에서 중요한 의미를 지닌다.

조선 후기 불교계는 청허 이후 간경과 참선, 염불 등
복합적인 수행 체계를 바탕으로 강학 활동이 활발했던[39]
흐름을 보인다. 특히 연담(蓮潭)과 인악(仁嶽, 1746~1796)
같은 승려들에 의해 사집(四集)과 사교(四敎)에 대한 사

---

39 정병삼, 「진경시대 불교의 진흥과 불교문화의 발전」, 『진경시대』(돌베
개, 1998), p.30.

기(私記)가 활발하게 저술되었다. 이러한 대둔사의 전통적인 수행 풍토와 사기의 저술은 초의의 저술에도 많은 영향을 주었다.

초의의 학문에 가장 큰 영향을 미친 인물은 정약용과 김정희이다. 실제 정약용은 『대둔사지』 편찬을 주도하면서 아암(兒巖, 1772~1811)과 철선(鐵船), 완호와 초의, 호의를 사지(寺志) 편찬[40]에 참여시켰다. 이 과정을 통해 정약용의 역사적 관점이 초의와 아암 그리고 대둔사 승려들에게 큰 영향을 주었을 것으로 여겨진다. 『대둔사지』가 종래의 사지보다 비판 의식을 가지고 편찬된 것이라는 후대의 평가는 이를 방증한다. 따라서 초의의 객관적인 역사의식과 고증을 통한 사료의 분석은 정약용의 영향으로 볼 수 있으며, 김정희의 고증학도 초의에게 영향을 주었을 것이다. 특히 『시학』과 『주역』, 유가사상, 춘추관은 정약용으로부터 영향을 받았다.

---

40 丁若鏞의 지도 아래 저술된 『挽日庵志』, 『大芚寺志』에는 兒巖과 그의 제자 袖龍과 騎魚가 참여하였고 玩虎와 그의 제자 草衣와 縞衣가 주도적으로 참여하였다.

근래에 발굴된『매옥서궤(梅屋書匭)』[41]는 정약용의 서찰 13통과 정학연의 편지 2통을 함께 묶은 것으로 수신자는 호의이며,[42]『대둔사지』를 편찬하는 과정에 참고할 만한 사료를 요구하는 서간문의 내용이 수록되어 있다.

　1813년경 정약용이 호의에게 보낸 서간문에는『대둔사지』의 편찬에 필요한 사료가 불충분하다며 더 신빙성 있는 사료를 요구하는 내용과, 정약용의 만력(萬曆, 1573~1620) 이전의 사적에 대한 불신이 드러나 있다.

　아울러 정약용은『죽미기(竹迷記)』를 비롯한 옛 기록에 대해 근거할 만한 자료적 가치가 부실하다고 평가했고,[43]『전등록』을 통해 전거하려 했던 사실이 드러났다.

41　이 자료는 한국교회사연구소 소장본이다. 정약용의 간찰과 정학연의 간찰을 함께 묶은 것으로 15쪽으로 구성된 서찰첩이다. 이 자료는 한양대학교 정민 교수가 발굴하여 한국교회사연구소 논문집『교회사연구』 33집에 「한국교회사연구소 소장 다산친필 서간첩『梅屋書匭』에 대하여」를 발표하면서 세상에 알려졌다. 이 편지는『대둔사지』편찬 과정에서의 정약용의 역할과 완호와 호의가 주축이 되었다는 사실을 밝히고 있다.

42　정민, 「한국교회사연구소 소장 다산친필 서간첩『梅屋書匭』에 대하여」,『교회사연구』 33집(한국교회사연구소, 2009), p.539.

43　정민, 「다산과 은봉의 교유와『挽日庵志』」,『문헌과 해석』 권44(문헌과 해석사, 2008), p.11.

『대둔사지』 편찬에서 사료의 전거를 강조했던 그의 태도는 완호에게 보낸 편지에서도 드러난다.

보내온 문적은 비록 소가 땀을 흘릴 만큼 많아도, 모두 거짓말이어서 하나도 근거로 삼을만한 것이 없네. 만력 이전의 사적은 온통 하나도 믿을 글이 없기가 이와 같으니, 무엇으로 사지를 만들겠는가? 옛 탑 중에 이름도 없고 주인도 없는 것 한두 곳을 열어 찾아보아 하나의 문적이라도 얻은 뒤라야 비로소 작업에 착수할 수 있겠네. 만약 이 일을 어렵게 여긴다면 사지는 쓸 수가 없네. 또 북암과 상원, 진불암과 도선암 등 네 암자의 판기(板記)도 함께 하나하나 베껴오는 것이 좋겠네. 북암의 탑 속에는 혹 문적이 있었던가? 만덕사에는 『전등록』이 없으니, 이 또한 어쩔 수 없이 전질을 살펴보아야겠네. 며칠 내로 보내시게나. 홍공은 16일에 와서 보고 바로 돌아갔다네. 의순도 19일에 잇달아 오면 좋겠군. 이만 줄

이네. 8월 12일.[44]

윗글에 의하면 정약용은 대둔사에서 보낸 자료는 근거가 부족하므로 가치가 있는 자료를 수집하지 못하면 『대둔사지』 편찬이 불가능하다고 하였다. 따라서 전거가 될 만한 상원과 북암, 진불암, 도선암의 판기를 일일이 베껴오라고 요구하는 한편 탑 속에 들어 있는 복장유물을 꺼내 신빙성 있는 자료 확보를 요구하였다. 이를 통해 정약용은 『대둔사지』의 편찬 고정(考訂)에서 철저한 고증이나 사료의 검증이 우선시되어야 한다는 점을 강조했던 사실이 드러난다. 특히 정약용은 『대둔사지』 편찬에 초의가 참여하기를 바라는 그의 뜻을 드러내, 초의가 사지 편찬에 관여하게 된 전말이 밝혀졌다. 따라서

---

44 정약용, 『梅屋書匭』(한국교회사연구소 소장). "所來文跡, 雖曰汗牛, 都是僞言, 無 一可據. 萬曆年以前事蹟, 都無一點信文如此, 而何以爲寺志乎. 古塔之無名 無主者, 一二處開而索之, 得一文跡然後, 始可下手. 若以此事爲重難, 則無以 作志矣. 又北菴上院眞佛導船四菴板記, 並一一謄來爲佳. 北菴塔中, 或有文 跡耶? 萬德寺, 無傳燈錄, 此亦不可不考全帙, 數日内送之也. 弘公十六日來見卽歸, 洵也十九日繼來爲佳耳. 不具. 八月十二日.", 정민, 「한국교회사연구소 소장 다산친필 서간첩 『梅屋書匭』에 대하여」, 『교회사연구』 33집 (한국교회사연구소, 2009), p.148.

震默禪師遺蹟攷序
儒與佛道不同然吾儒氏
往往與浮屠遊而浮屠之
從儒氏遊者名益著何也
盖不同之中或有所同而
然夫又或古君子有立言

13

「진묵조사유적고」

초의가 사료를 고증하고 편찬할 수 있는 안목은 이런 과정에서 길러졌다는 것을 알 수 있다. 후일 초의가『진묵조사유적고(震黙祖師遺蹟攷)』를 편찬하면서 자료의 수집 과정에서 보인 태도는 이런 과정에서 연찬된 것이라 할 수 있다.

초의 저술은 크게 선리(禪理)와 시문(詩文), 다서(茶書) 등으로 나눌 수 있다. 그의 선리는 조사선을 근간으로, 청허가 주창한 선교일치의 수행 입장을 따른다. 그가『사변만어』에서 치밀한 고증을 통해 이종선(二種禪)의 이론적 바탕을 세운 점도 정약용이나 김정희 등을 통해 고증학의 학문적 방법론에 영향을 받았기 때문이라 할 수 있다. 무엇보다 그가 저술한『사변만어』는 백파의『선문수경』에서 주창한 선리 문제의 오류를 지적한 것으로, 초의에 의해 촉발된 이종선과 삼종선(三種禪)의 논쟁으로 조선 후기 전통적인 사상과 새로운 사상의 대립이라는 점에서 근현대까지 영향을 미쳤으니 이는 백파와 초의 제자들 사이에서 활발한 논쟁으로 이어졌다.

초의의 다서에서 드러난 제다법 및 탕법의 전개 과정에서 보인 차에 대한 인식은 다양한 문헌 고증을 통해 정립된 것으로, 그의 이러한 저술 태도는 매우 주목할 만하다. 따라서 그 결과물인 「동다송」에서 드러난 초의의 저술과 차에 대한 관점은 고증과 실증을 통해 체득된 차의 보편적인 가치를 드러낸 것이다. 그의 우리 차에 대한 견해는 객관적인 입장에서 우리 차의 우수성을 강조했다는 점에서 가치가 있다.

구체적으로 그의 저술을 살펴보면, 우선 선리 문제를 다룬 『선문사변만어』와 『선문염송』을 가려 뽑은 『초의선과(草衣禪課)』가 있다. 이것은 그의 선리 체계를 이해할 수 있는 저술이다. 이외에도 시문을 묶은 『일지암시고』·『초의시고』 및 『일지암문집』 등이 있다. 특히 『일지암시고』에 당시 최고의 명사들이 서문을 썼는데 이는 당시 그와 교유했던 사대부들로부터 특출한 문재(文才)가 있다는 평가를 받았다는 사실을 여실히 드러내는 것이라 하겠다.

특히 『일지암서책목록』을 통해 알려진 『다보서기(茶譜序紀)』는 그의 차에 대한 인식을 살펴볼 수 있는 다서이지만 아쉽게도 서명(書名)만 기록되어 있고 책자는 전해지지 않아 전체적인 규모를 파악하기는 어렵다.

하지만 『다보서기』의 대략적인 내용이나 목차의 규모는 어느 정도 파악할 수 있을 것으로 생각된다. 원래 『다보(茶譜)』는 오대 촉나라의 모문석이 저술한 후 청대에도 저술되었다. 이 때문에 『다보』를 기준으로 다서를 파악할 뿐이다. 초의가 남긴 『다보서기』는 그의 차에 대한 견해가 피력된 다서일 가능성이 크며 책이 발굴되기를 바란다.

(1) 선리(禪理)

① 『선문사변만어(禪門四辨漫語)』

초의의 『선문사변만어』는 백파(白坡)[45]가 『선문수경
(禪文手鏡)』에서 설파한 내용의 오류를 지적하고 그의
선관을 드러냈다. 이것은 조선 후기 불교계에서 전통적
사상과 새로운 사상이 대립한 이종선과 삼종선 논쟁으
로, 유학자인 김정희[46]와 신헌[47]까지 이 논쟁에 가세하
였다.

조선 후기 불교계의 가장 두드러진 선리 논쟁으로
근현대까지 이어졌는데,[48] 백파의 제자 우담(優曇,

---

45 白坡 亘璇은 18세 때 선운사의 시헌을 은사로 출가한 후, 연곡을 계
사로 삼았다. 화엄학의 대가인 설파에게 구족계를 받았다. 1793년 백
양사 운문암에서 후학을 양성, 구암사 설봉에게 법을 받고 白坡라는
호를 받았다. 김정희는 백파의 논지를 비판하는 글을 쓰기도 했지만
백파가 열반한 이후, 「華嚴宗主白坡律師大機大用碑」를 썼다. 그는 戒,
定, 惠 三學에 능통하였으며 율학에도 밝았다.

46 김정희는 「辨妄證十五條」를 지어 백파의 선 입장을 비판하는 한편
초의의 선지를 옹호하였다.

47 申櫶, 「答草衣」, 『申大將文集』(아세아문화사, 1990), pp.124~144.

48 김종명, 「이종선과 삼종선 논쟁」, 『논쟁으로 보는 불교철학』(예문서원,
1998), p.225.

1822~1881)이 『선문증정록(禪門證正錄)』을 지어 스승인 백파의 선의 논지와 다른 견해를 피력하였다. 이어 백파의 법손 설두(雪竇, 1824~1889)는 『선원소류(禪源遡流)』를 통해 백파를 옹호하면서 논쟁이 더욱 가열되는 양상을 보였다. 이외에도 법주사의 진하(震河, 1861~1926)가 이 논쟁에 가세하여 『선문재정록(禪門再正錄)』을 지어 백파와 우담의 입장을 비판하고, 초의의 입장을 옹호하였다. 학계 일부에서는 이 논쟁이 훈고학적인 해석에만 국한하여 선의 이론적 독창성을 찾기 어렵고, 당시 사회현실만을 반영한 논쟁이었다고 평가하고 있지만,[49] 조선 후기 성리학 일변도의 사회 구조 속에서 불교계가 선리의 문제를 표면화하여 논쟁한 것으로, 불교계의 입장을 드러낸 것이다. 또한 이 논쟁에 김정희나 신헌과 같이 초의와 밀접한 관계를 맺었던 유학자들까지 참여했다는 점이다. 당시 배불사상이 팽배한 현실 속에서 소수의 유학자들이 불교의 선리에 깊은 관심과 연구를 드러냈다는 점에서 큰 의미를 지닌다.

---

49 김종명, 앞의 책, p.224.

무엇보다 초의가 『선문사변만어』를 통해 백파의 선에 대한 오처를 규명하면서 옛 문헌 자료를 통해 그 사실의 유무를 구명하려는 방법을 드러냈다는 점이다. 이를 통해 그가 고증을 통해 사실을 규명하고자 했으며, 특히 주목되는 것은 그가 기존의 불교계 입장에서 한 걸음 더 나아가, 실증적이고도 합리적인 불교관을 피력하고자 했다는 점이다. 더구나 그는 『선문사변만어』 서두에서 이 책을 쓰게 된 연유를 이렇게 밝히고 있다.

영남으로부터 온 어떤 객이 자신을 목부산 육은 노인[50]의 법손이라고 하였다. 비에 묶여 10여 일을 지내는 동안, 육은 노인의 선론을 장황히 말하는데 고의에 어긋나는 곳이 있어 근본을 인용하여 증정한다.[51]

여기에서 그는 "고의(古義)에 어긋나는 곳이 있어 근본을 인용하여 바르게 증험한다"라는 그의 입장을 분명

---

50 六隱은 白坡를 일컫는다.

51 意恂, 『禪門四辨漫語』(한불전 10, 820.下). "有客自嶺南來者 自言木浮山 六隱老之法胤 滯雨十餘日 盛言其師之禪論 有反古義處 引本證正."

히 함으로써, 백파 선론의 시비를 고증을 통해 규명, 실증하려는 의지를 드러내었다. 이는 초의가 청대에 고증학이 이룩한 참신한 경학의 성과에 영향을 받았던[52] 조선 후기 고증학파의 학문적 방법론을 수용하고 있다는 사실을 드러낸 것이다.

이 책은 문중과 사내 사무원들이 얼마간의 비용을 각출하여 1913년 5월 25일 대흥사[53] 주지인 백취운과 증법손 고벽담과 임경, 연협이 편집·간행한 것으로, 지역 내 사찰에 배포하였다.[54] 실제 간행은 이 해 6월 10일에 증법손 벽담과 경연이 주관하여 간행하였다.[55]

---

52 최완수,「金正喜」,『澗松文華』71(한국민족문화연구소, 2006), p.119.

53 1913년경, 대둔사가 대흥사로 이미 개명되었다는 것을 알 수 있다.

54 圓應戒定,「禪門四辨漫語序」,『禪門四辨漫語』(한불전 10, 820中). "本寺住持白翠雲和尙 與其孚老 之曾玄孫高碧潭林鏡淵 協力發起 方營印刷而寺內僉員及門中 自願寄附 募集多少金額故 卽爲印刷發 布於域內寺刹."

55 이종찬 외,『한글대장경 草衣集外』(동국역경원, 1997), p.52.

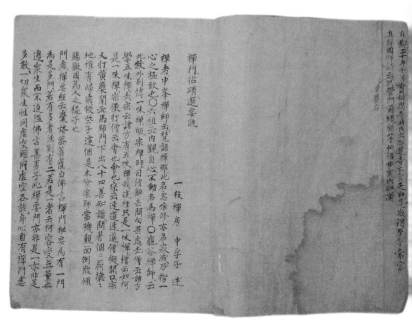

『초의선과』, 초의 친필

②『초의선과(草衣禪課)』

초의는 일지암에 주석할 때 『초의선과』를 편찬하였다. 이는 『선문염송』의 중요한 부분을 가려 뽑아 편찬한 것으로 『선문염송선요소(禪門拈頌選要疏)』라고도 부른다. 1985년 용운이 편집한 『초의선사전집』에 『선문염송선요소』의 필사본이 소개된 후 세상에 알려졌으며 『초의선사전집』에 수록되지 않은 초의의 친필본이 전한다.
『초의선과』라는 서명은 초의 친필본 책에서 유래된 것
이고『선문염송선요소』와 그 체재와 내용이 같다.

　『초의선과』의 체제는 선·문·송에 대한 정의와 염송
에 대한 주석으로 구성되어 있고, 초의의 견해를 피력함
으로써 그의 선관을 드러냈다는 점에서 중요한 도서이
다. 특히 초의는 선·문·송의 구체적인 뜻을 밝혀 선에
대한 입장을 다음과 같이 피력하였다.

> 선이란 중봉선사가 말씀하시기를 범어로 선나(禪那)라고
> 하였는데, 이것은 사유수(思惟修)라고도 하고, 또 적멸이
> 라고도 한다. 모두 일상의 극치를 가리키는 것이다. 육
> 조 혜능은 안으로 자신의 마음을 보아 미동 없는 경계
> 를 (이것을) 선이라 하였다. 구곡선사는 이는 교외별전의
> 일미선이라고 하였다.[56]

---

56 용운 편, 『禪門拈頌選要疏』, 『草衣全集』(아세아문화사, 1985), p.341. "禪
者 中峰禪師云 梵語禪那 此名 思惟修 亦名寂滅 乃指一心之極致也 六
祖云 內觀自心 不動名爲禪 龜谷禪師云 此敎外別傳一味禪."

초의는 안으로 자신의 마음을 보아 미동 없는 경계를 선이라 한 육조의 설이나 구곡선사의 교외별전, 일미선은 후대 선에서 본분(本分)의 의미를 확장한 것이고, 범어의 선나나 사유수, 적멸, 일심의 극치 등은 선의 근원적 입장의 본분에서 해석한 것이라는 견해를 드러내었다. 그는 귀종선사와 황벽의 제섭(諸攝) 내용도 선의 본분사의 입장이라고 여겼고, 종사가 어떤 사람이냐에 따라 당기적면(當機覿面)하여 도복경장(倒腹傾腸)하는 것이 선이라는 견해를 밝혔다.

초의는 문(門)에 대한 정의를 『선요경(禪要經)』을 인용하여 이렇게 말하였다.

선문의 비요에는 일문이 다문이다. 만약 다문이라면 법은 곧 둘이다. 만약 일문이라고 한다면 어떻게 무량무변을 수용하여 중생에게 장애가 없게 하는가 하는 것이다. 부처께서 선남자라 하신 것은 선요의 문이 하나도 아니며, 다수도 아니다. 일체중생의 본성은 모두 공허하다. 설령 다 공허하다고 하나, 각기 신심(身心)에 자신의 선문이 있는데도 다 함께 닦지 않는다. 무슨 연고로 입을

닫고 말하지 않아 어둡게 하는가. 이치에 합당하면, 입의 선문이 된다.[57]

분별하는 눈을 거두어 혼연히 부합하여 다름이 없는 것이 눈의 선문이 되는 것이다. 귀로 소리를 들어서 허망함을 알면, 마침내 고요하여 마치 귀가 먼 사람과 같으니 (이것이) 귀의 선문이다. 이에 뜻에 이르러서도 또한 같다. 선남자는 진노를 거두어 불이문에 들어가 널리 청허함을 통하여 담연히 움직임이 없는 것이 선문이다.[58]

초의는 문(門)을 선문(禪門)이라 하고, 선문의 선요에서 일문(一門)은 곧 다문(多門)이라고 하여 각각의 선문이라 보았다. 입과 눈, 귀 그리고 의에도 선문이 있어서 진노를 거두어 불이문(不二門)에 들어가 담연히 움직임이 없는 것이 선문이라는 것이다. 염송에서 중요한 요점

---

57 용운, 위의 책. p.342. "門者禪要經云 … 禪門秘要 爲有一門爲是多門 若有多者 法則有二 若是一者云 何容受無量無邊 衆生而不迫隘 佛言 善男子 此禪要門 亦非是一亦非是多數 一切衆生性同空虛 雖同空虛 各於身心 自有禪門 悉不共修 何以故息口不言 冥 合理口爲禪門."

58 용운, 위의 책. p.342. "攝眼分別 混合無異 眼爲禪門 耳所聞聲了 知虛妄 畢竟寂滅猶如聾人 耳爲禪門 乃至意亦復如是 善男子 攝諸塵勞 入不二門 曠徹淸虛 湛然凝定是禪門."

을 발췌한 『초의선과』는 이 염송 구에 주를 붙인 것이다. 이 책에서 자우주석(紫芋註釋)이라 하였는데 자우는 바로 초의의 호이다. 따라서 자의(字意)에 대한 초의의 견해가 피력된 것임을 드러낸 것이라 하겠다.

(2) 시문(詩文)

① 『일지암시고(一枝菴詩稿)』

『일지암시고』는 초의 친필본으로, 1807년(정묘) 8월 15일에 쌍봉사에서 지은 「효좌(曉坐)」를 시작으로 1850년(경술)에 지은 「봉화산천도인사다(奉和山泉道人謝茶)」까지 그동안 지은 시를 모아 1책 4권으로 묶은 것이다. 이 시집에는 1831년(신묘)에 홍석주가 쓴 서문과 신위가 북선원 '다반향초실'에서 쓴 서문, 그리고 윤치영(尹致英)과 신헌구(申獻求, 1823~?)와 1851년(신해)에 쓴 신관호(申觀浩, 申櫶의 초명)의 발문이 들어 있어 초의와 교유했던 사대부들의 초의에 대한 신뢰와 흠모가 어느 정도였

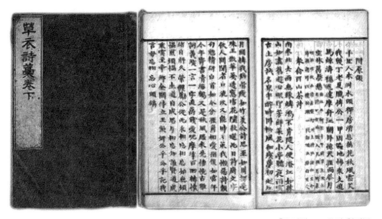

『초의시고』, 초의 친필본

는지를 짐작할 수 있다.

　이 시집은 초의가 오랫동안 구상해 만든 것으로, 이는 그가 이미 1831년(신묘)에 홍석주에게 발문을 받았던 일이나 1851년(신해)에 신관호가 발문을 썼던 일을 통해 알 수 있다. 하지만 초의는 이 시집의 완성을 보지 못한 채 열반하였다. 실제 이 시집이 책으로 완성된 것은 초의의 열반 후 10여 년이 지난 1875년(을해)으로 초의의 제자 월여가 신헌구에게 발문을 부탁하였고, 이 부탁을 받은 신헌구가 월여의 선방에서 발문을 썼다[59]는 사실을 통해 알 수 있다.

이 시집은 초의의 교유를 밝힐 수 있는 단서를 제공하는데, 이는 그가 시를 지은 시기와 장소, 교유했던 인물뿐만 아니라 시를 지을 당시의 상황을 기록해 두었다는 점이다. 따라서 이 시집은 초의의 구체적인 활동 시기나 교유 관계를 밝힐 수 있는 단서를 제공했다는 점에서 초의의 생애나 교유사 연구에 중요한 자료이다.

『일지암시고』의 판본으로는 초의의 친필본이 있고, 1974년 보련각에서 친필본을 영인하면서 이가원이 서문을 썼다. 1985년 용운이 편집한 『초의선사전집』 속에 들어 있는 『일지암시고』도 이 판본을 영인한 것인데 이가원의 서문은 누락되었다. 『한불전』 권10에는 『초의시집』으로 수록되었다.

한편, 초의는 사대부들과 교유하며 많은 시를 남겼다. 당시 사대부들은 그의 글재주를 칭찬하였다. 정약용

---

59 신헌구, 「一枝菴詩稿拔」, 『草衣詩稿』(한불전 10, 870.下) "歲旃蒙大淵獻之…書于草衣高弟月如禪室." 旃蒙은 十干 중에 乙을 말하고 大淵獻은 亥를 지칭하므로 을해년을 가리킨다.

은 초의 시학에 가장 많은 영향을 미친 인물이다. 당시 초의를 북학파 경화사족들과 교유할 수 있게 한 중요한 매개체는 시와 차였다. 그가 시학에 박학했던 것은 『일지암서책목록』의 장서목록에도 여실히 드러난다. 그가 시학과 관련된 도서를 필사해 두었다는 사실에서도 그의 시에 관한 관심을 엿볼 수 있다. 특히 신헌의 「보제존자초의대종사의순탑비명」에도 초의 시학에 관한 관심과 연찬 과정이 언급되었다. 그 내용은 아래와 같다.

> 정약용 승지에게 유학서를 수학하고 시 짓는 법을 공부하였다. … 홍현주와 신위, 김정희 두 시랑과 함께 놀며 시를 주고받았으니 모두 옛 동림의 혜원과 서악의 관휴라 지목되어 명성이 일시에 자자하였다.[60]

윗글은 당시 사대부들의 초의 시에 대한 평가라고 할 수 있다. 초의와 이들의 교유를 호계삼소(虎溪三笑)에

---

60 申櫶, 「草衣大宗師塔碑銘」, 『草衣詩稿』(한불전 10, 869.下). "從茶山承旨受儒書觀詩道 … 海居都尉 與紫霞秋史兩侍郞 命駕從遊 與共唱酬 皆以東林遠公西岳貫休目之聲名噪於一時."

비유하거나 불화를 잘 그렸던 초의를, 나한도를 잘 그렸던 당대(唐代)의 관휴(貫休, 832~912)[61]같다고 했는데, 이는 사대부들이 초의를 어떻게 평가했는지를 나타낸다. 그뿐 아니라 초의가 나한도를 그렸다는 사실은 범해의 「제초의장로화십육나한도(題草衣長老畵十六羅漢圖)」에 "초의가 그린 나한도는 세월이 흘러도 전해지리"[62]라고 하였던 것에서도 확인할 수 있다.

윤치영이 쓴 「초의시고발문」과 신헌구가 쓴 「초의시고발문」, 신관호가 쓴 「초의시고발문」에도 초의가 시에 밝았던 인물임을 거듭 천명했다. 일례로 윤치영의 발문에서 "(초의 시는) '신위가 속기를 모두 벗어났다'고 한 말이 지나친 말은 아니다"[63]라고 한 것이나 신헌구가 "유가의 시는 불가의 게송이니 게송에 뛰어난 이는 처

---

61 당말오대(唐末五代)의 승려이자 시인이고 화가이다. 자는 德隱, 호는 禪月大師이다. 그는 시화에 능했으며 특히 十六羅漢圖가 유명하다.

62 覺岸, 「題草衣長老畵十八羅漢圖」, 『梵海禪師遺稿』(한불전 10, 1123上). "草衣寫眞歲月傳."

63 尹致英, 「草衣詩稿跋」, 『草衣詩稿』(한불전 10, 870中). "霞所謂盡脫蔬筍氣者信非諛語."

초의 의순이 그린 나한도

음부터 세상에 알려지지 않을 수 없다"[64]라고 한 것에서 초의 시의 품격이 어떤지를 알 수 있다. 특히 김정희의 제자 신관호는 "연천선생이 '깎아내고 다듬어 당송에 드나들었다' 함은 (초의)시를 인정한 것이다"라고 하여 초의의 시가 당송의 문기에 방불했다[65]는 점을 인정하였다. 초의가 남긴 글은 시가 많은데, 이 중에는 사대부들과 함께 자신의 심회를 드러낸 시도 있지만, 선의 경지를 함의한 선시도 포함되어 있다.

초의 유품 도서목록을 보면 그의 시학의 토대가 되었던 서책의 규모를 알 수 있는데 대략 그가 소장했던 도서는 『한산자시첩』, 『당시(唐詩)』, 『고문(古文)』, 『원시(元詩)』, 『두시배율(杜詩徘律)』, 『당사걸집(唐四傑集)』, 『황명시(皇明詩)』, 『복초재집(復初齋集)』 등이다.

이를 통해 그가 시의 절차탁마 과정에서 귀감으로 삼았던 것이 당송대의 시(詩)들이고 김정희처럼 옹방강

---

64 申獻求, 「草衣詩稿跋」, 『草衣詩稿』(한불전 10, 870中-下). "儒之詩釋之偈也 偈之善者未始不關於世."

65 용운 편, 『草衣詩稿』, 『草衣禪師全集』(아세아문화사, 1985), p.217. "淵泉先生之言曰 灑削陶煉出入唐宋 是許其詩也."

의 시풍에도 관심을 가졌음도 드러난다. 당시 사대부들은 그의 시가 당송에 드나들었다는 평가를 했는데, 그가 소장했던 도서목록을 통해서도 배율에 엄격한 당시를 표본으로 삼았음이 드러난다.

초의가 1830년 상경하여 여러 사대부와 시회에서 화답했던 사실은 시의 격조가 어느 정도인가를 짐작할 수 있으며, 시를 통해 사대부들과 교유의 지평을 넓혀 나갔음이 확인된다. 그의 시관은 유불융합의 말을 떠나 참을 드러내는[離言眞如] 특징을[66] 갖추어 승속불이(僧俗不二), 유불불이(儒佛不二), 자타불이(自他不二) 등의 시격을 갖추었고, 물아일체(物我一體)나 원융무애의 경지로 승화되었다.

그가 「제산수도팔첩」 중 4첩의[67] 차를 달이며 유인을 생각하는 시에 "하늘하늘 차 연기 푸르고 드리운 구름 기운도 서늘하다. 문득 님의 뜻 생각하니 밝고 밝아 얼

---

66 김미선, 『草衣의 禪茶詩』(이화문화출판사, 2004), p.59.

67 이 시는 임오년(1822) 대둔사에 있을 때 지은 것이다.

음 서리처럼 맑구나"[68]라고 한 것으로 보아 초의는 차와 함께 시격을 높여 갔다는 것을 알 수 있다. 초의가 차를 음미하며 읊은 시로는 1831년(신묘) 박영보의 집을 방문하여 지은 「유숙금공방」[69]이 있고, 「석천전다」,[70] 「봉답유산다시」 2수[71]와 「봉답운포다시」 2수,[72] 「봉화산천도인사다」[73] 등이 있다.

②『초의시고(草衣詩稿)』

『초의시고』는 1906(병오)년 4월에 초의의 법손 상운과 쌍수, 그리고 원응이 목판본으로 간행했다. 이것은 필사본『일지암시고』를 저본으로 간행한 것인데, 2권 2책으로 2권 후반부에 문류가 추가로 기록되었다. 동국대에서 간행한『한불전』10권에도 수록되었다. 『일지암

---

68 意恂, 「題山水圖八帖」, 『草衣詩稿』(한불전 10, 836.下). "裊裊茶煙碧 冉冉雲氣凉 側想幽人意 皎皎潔氷霜."

69 意恂, 「留宿錦公房」, 『草衣詩稿』(한불전 10, 836.中).

70 意恂, 「石泉煎茶」, 『草衣詩稿』(한불전 10, 836.下).

71 意恂, 「奉答西山茶詩」, 『草衣詩稿』(한불전 10, 859.上).

72 意恂, 「奉答耘逋茶詩」, 『草衣詩稿』(한불전 10, 859.中).

73 意恂, 「奉和山泉道人謝茶」, 『草衣詩稿』(한불전 10, 860.上).

시고』의 내용은 앞에서 서술한 바와 같고『초의시고』하권에는「천불전상량문」과「청허비각상량문」,「대둔사신건광명전상량문」,「중조성천불기」,「미황사만일회기」등 상량문이나 회기를 수록하여 천불전이나 대광명전이 조성된 연유를 밝혔다. 이외에도「대인작천사소(代人作薦師疏),「대혜운작천사소(代惠雲作薦師疏)」등 스승을 추천하는 글이 수록되어 있다.

특히 초의가 홍현주에게「동다송」을 지어 보내면서 올린 글인「상해거도인서(上海居道人書)」가 실려 있는데, 이는「동다송」판본 문제를 밝힐 수 있는 근거를 제공해 준다.[74] 초의가 김정희 타계 이후 산문 출입을 자제하던 시기인 1860년(경신)에 지은「해인사대웅전급대장각중수권선문」도 수록되어 있다.

---

74 意恂,「上海居道人書」『草衣詩稿』(한불전 10, 867上-中) "承教垂問茶道 遂依古人所傳之意 謹述東茶頌一篇以進獻"이라 했다. 하지만 용운 편,「上海居道人書」『초의선사전집』(아세아문화사, 1985), p. 309에는 "承教垂問茶道 遂依古人所傳之意 謹述東茶行一篇以進獻"이라 하였다. 당시 초의가 홍현주에게 지어 보낸 것은「東茶行」이었다.

③『일지암문집(一枝庵文集)』

『일지암문집』은 광서(光緒) 16년(1890) 6월 5일 문인 월여(月如)가 편집하였으며, 원응이 쓴 것이다. 이 문집은『초의시고』하권과 중복되는 부분도 있지만, 다른 문집에 수록되지 않은 초의의 글이 다수 수록되어 있어 초의가 쓴 글의 규모를 파악할 수 있는 자료로 의미가 있다. 특히 용운이 편집한『초의선사전집』에 수록된『일지암문집』의 말미에는 초의에게 대승계를 받은 제자들의 문질록이 수록되어 있어 그의 사승관계를 살펴볼 수 있는 중요한 자료이다. 이 문집에 전해지는 자료를 누가 필사한 것인지는 밝혀지지 않았다.

④『진묵조사유적고(震黙祖師遺蹟攷)』

진묵(震黙, 1562~1633)은 조선 중기 고승으로 이름은 일옥이며, 진묵은 그의 법호이다. 전라도 만경현 불거촌에서 태어났는데, 그가 태어나자 3년 동안 그 지역 초목들이 시들었다고 한다. 7세에 출가하여 봉서사(鳳棲寺)에서 수행하였다. 초의는 1842년 겨울 전주 봉서사에 가서 은고거사(隱皐居士) 김기종(金箕鍾)으로부터 진묵의 내력을 듣고 『진묵대사유적고』를 편찬하였다.

이는 진묵의 행적을 알 수 있는 유일한 자료로, 이를 통해 초의가 진묵을 얼마나 흠모했는지 알 수 있다. 특히 진묵의 내력을 알려줬던 김기종은 김정희와 깊이 교유했던 인물이다. 김정희가 1855년 북청 유배에서 풀려나 과천에 머물렀을 때 조선의 효자로 이름났던 김복규와 그 아들 김기종의 정려비(旌閭碑)를 썼다는 사실에서도 알 수 있다.[75] 따라서 초의가 김기종을 만난 것은 김정희를 통해 이루어졌을 가능성이 높다. 『진묵대사유적고』는 1847년 초의가 편찬한 것으로 운고(雲皐)가 교정하였다. 이 책의 서문은 김기종과 초의가 썼고, 후발문은 초의를 비롯하여 운고와 김영곤이 썼다. 비문의 글씨는 김학근이 썼다. 도서의 체제는 상하 2권 1책이다.

---

75 여승구, 『추사(秋史)를 보는 열 개의 눈』(화봉문고, 2010), pp. 86~87.

(3) 다서

초의선사의 저술 「동다송(東茶頌)」과 편찬서인 『다신전』은 이 책을 번역한 장에서 해제 형식으로 소개한다. 그의 저술인 『다보서기』를 간략하게 소개하면 이렇다.

① 『다보서기(茶譜序紀)』

『일지암서책목록』에 수록된 『다보서기』는 초의가 「동다송」과 『만보전서』를 등초한 『다신전』 뿐만 아니라, 또 다른 다서를 저술했을 개연성을 시사해 준다.

이 『다보서기』는 『일지암서책목록』의 「명한시초」에 수록된 초의의 장서로서 『문자반야집』 2규[76]와 「동다송」 1규, 『다경』 1규, 『문자반야집』 초본 2규 및 『다보서기』 1규와 함께 오동나무 칠함 속에 보관된 자료이다.[77] 『다보서기』가 이 책들과 함께 오동나무 칠함 속에 보관

---

76 絓는 秩과 卷 등과 같이 책의 수량을 나타낸다. 특별히 絓라 한 것은 실로 꼬아 묶은 것을 의미하는데, 당시 소책일 경우 종이로 끈을 꼬아 묶었다. 이 책에서 絓는 종이 끈으로 묶은 것을 의미한다.

77 「明翰詩鈔」, 『一枝庵書册目錄』에 "此七卷同貯梧桐漆函"이라 하였다.

되었다는 사실에 주목하고자 한다. 이는 『다보서기』가 초의의 도서 중 귀중본으로 취급되었음을 보여 주는 것이다. 현재 이 『다보서기』는 서명만이 전해지고 있을 뿐 원본은 발굴되지 않았다.

그렇다면 『다보서기』는 어떤 내용을 담고 있는 다서였을까. 이를 살펴보기 위해 먼저 중국에서 편찬된 『다보』를 살펴보자. 『다보』를 처음 찬술한 것은 오대 촉나라의 모문석이나, 전해지지는 않는다. 원나라 초에 다른 자료에 인용된 모문석의 『다보』를 수집하여 다시 모문석의 『다보』로 재편찬 되었다. 모문석의 『다보』에는 촉의 진원(晉原)이나 미주(眉州)의 홍아(洪雅), 건주(建州)의 방산(方山), 장사(長沙)의 석남(石楠), 원주(袁州)의 계교(界橋), 홍주(洪州)의 서산(西山), 촉(蜀)의 아주(雅州)에 있는 몽산(蒙山) 지역 등에서 생산되는 차의 특성을 소개하였으며, 제다법 등 다양한 차의 이론이 서술되어 있다.[78]

이후 『다보(茶譜)』는 명나라 주권(朱權, 1378~1448)과 고원경(顧元慶, 1487~1565), 그리고 전춘(錢春)에 의해 연

---

78 中華茶人聯誼會 共著, 『中國茶葉五千年』(인민출판사, 2001), pp. 45~47.

이어 편찬되었다. 주권의 『다보』의 목차를 살펴보면, 서문과 「품다(品茶)」, 「수다(收茶)」, 「점다(點茶)」, 「훈향다법(熏香茶法)」, 「다로(茶爐)」, 「다조(茶竈)」, 「다마(茶磨)」, 「다연(茶碾)」, 「다라(茶羅)」, 「다가(茶架)」, 「다시(茶匙)」, 「다선(茶筅)」, 「다구(茶甌)」, 「다병(茶瓶)」, 「전탕법(煎湯法)」, 「품수(品水)」 등으로 구성되어 있다. 전춘의 『다보』에는 서문과 「다략(茶略)」, 「다품(茶品)」, 「예다(藝茶)」, 「채다(採茶)」, 「장다(藏茶)」, 「제다제법(制茶諸法)」, 「전다사요(煎茶四要)」, 「점다삼요(點茶三要)」, 「다효(茶效)」 등이 수록되어 있어 구성이나 내용 면에서 차이가 보인다. 이외에도 손대수(孫大綬)가 『다보외집』을 편찬하고, 청대의 준고(遵古)가 『다보집해(茶譜輯解)』를 편찬하여 여러 종의 『다보』가 출현하게 되었다.

이를 근거로 초의의 『다보서기(茶譜序紀)』의 내용이나 편제를 유추해 보면 『다보』에 자신의 서문을 병서한 다서이거나 아니면 차의 요긴한 정보를 수집, 편집하여 묶은 책이었을 것으로 보인다. 책의 단위를 규로 표기했다는 점이 주목되는데 책의 단위는 권(卷), 책(册), 질(帙), 규(紃)로 표기하는 것이 일반적이다. 규는 필사한 책이 소규모일 때, 종이끈으로 묶어 제책한 것을 의미한다.

따라서 이『다보서기』는 초의가 저술한 후 종이 끈으로 묶은 다서일 가능성이 높아 보인다. 초의는『다신전』을 통해 차의 이론을 정립했고,「동다송」을 통해 다도관을 피력했던 전례로 보아 좀 더 구체적인 차의 이론을 개진한 것이『다보서기』라 추정된다. 그러나 아직 실물 자료가 발굴되지 않은 상태이므로, 소장 도서의 책명만 남아 있는 상태에서 그 가능성을 추론한 것에 불과하다. 하지만 초의가 우리 차 문화의 중흥을 위해 노력한 정황이나 차의 연구에 심혈을 기울였던 점을 볼 때『다보서기』에서 그의 다도에 대한 견해를 피력했을 것으로 생각한다.

『다신전』 편찬 배경

1828년(무자) 봄, 초의는 지리산 칠불암 아자방에서
도갑사 승려 대은과 금담으로 이어진 계학을 전수 받는
다. 이때 『만보전서』 속에 수록된 장원(張源)의 『다록』을
읽었고 이를 필사하여 대둔사로 가져와 2년 후인 1830
년에 정서하여 『다신전』이라 하였다.

『다신전』 후발에는 그가 이 책을 편찬하게 된 연유를
첫째, 당시 시자방에 있던 수홍 사미가 다도를 알고자
했고, 둘째 선림에는 조주의 '끽다거' 승풍이 있었지만
지금은 사라져 차를 아는 사람이 드물기 때문이라 하였
다. 그러나 그의 속내는 민멸 위기의 척박한 환경에서
겨우 명맥을 유지했던 차의 진면목을 드러내기 위함이

었다. 이를 위해 당시 명차로 인식되었던 산차(散茶)의 제다 및 탕법을 연구하여 이를 실증(實證)하려는 의지에서 우선 명대의 다서를 주목하여 차의 이론적 체계를 갖춰 나갔을 것으로 생각한다.

초의는 『다신전』을 정서하는 과정에서도 우리나라의 실정에 알맞은 이론이나 서술 체계를 자신의 의견을 반영하여 수정 보완했던 흔적이 눈에 띈다.

그 목차를 살펴보면, 「채다(採茶)」, 「조다(造茶)」, 「변다(辨茶)」, 「장다(藏茶)」, 「화후(火候)」, 「탕변(湯辨)」, 「탕용노눈(湯用老嫩)」, 「포법(泡法)」, 「투다(投茶)」, 「음다(飮茶)」, 「향(香)」, 「색(色)」, 「미(味)」, 「점염실진(點染失眞)」, 「차변불가용(茶變不可用)」, 「품천(品泉)」, 「정수불의차(井水不宜茶)」, 「저수(貯水)」, 「다구(茶具)」, 「다잔(茶盞)」, 「식잔포(拭盞布)」, 「다위(茶衛)」, 「발문(跋文)」 등으로 구성하면서 『다록』의 「분다합(分茶盒)」을 포함시키지 않았고, 「다도(茶道)」를 「다위(茶衛)」라 수정하였다. 또 「채다(採茶)」, 「조다(造茶)」, 「탕변(湯辨)」, 「정수불의차(井水不宜茶)」 등에는 우리나라 실정에 맞도록 수정, 보완한 흔적도 눈에 띈다. 이런 그의 태도는 그가 철저한 고증을 통해 학문을 성취하려는 시대적 흐름과도 무관하지 않았음을 드러낸 것이다. 김정희의 「희증초의병서(戱贈草衣井序)」에는 고증을 통해 사실을 규명하려는 초의의 학문적 태도를 살펴볼 수 있는데, 그 내용은 다음과 같다.

> 초의가 『군방보』를 등초했는데, 여러 곳을 증정하였다. 마치 해당우미인(海棠虞美人) 같은 것이 하나둘이 아니다. 내가 『잡화경(襍花經)』을 필사하면서 잘못된 것을 지적하였는데, 또한 해당우미인뿐만이 아니니 마땅히 일일이 증정함을 이처럼 해야 한다.[1]

김정희의 편지에 의하면, 초의가 『군방보』를 등초했고, 이곳에서 잘못된 부분을 정정했다는 것이다. 김정희도 『잡화경(襍花經)』을 필사하면서 여러 가지 잘못된 부분을 수정했던 사례를 언급하면서 초의처럼 항상 증정하는 태도를 가져야 한다는 점을 강조하였다. 그러므로

---

[1]   金正喜, 『阮堂全集』 天(과천문화원. 2005), p.135. "草衣鈔群芳譜多有證正者 如海棠虞美人之流 非一二 余謂襍花經中因疏鈔而誤者 又不啻海棠虞美人當有一一 證正如此耳."

칠불암 아자방

초의는 『다신전』을 정서하는 과정에서 단순히 장원의 『다록』을 필사한 것이 아니라 고증을 통해 증정 보완하는 태도를 보였다는 점이다.

후일 초의가 경향의 문사들에게 '전다박사'로 칭송되거나 1837년 「동다송」을 저술한 배경에는 이러한 노력과 열정이 있었던 덕분이라고 생각한다.

그가 우리의 차 문화를 중흥할 좋은 차, 즉 '초의차'를 완성하여 그와 교유하던 경화사족들의 차 애호를 이끌어냈기 때문이다. 조선 후기에는 병차(餠茶, 떡차)와 산차(散茶, 잎차)를 만들었다. 그러나 열악했던 환경에서는 고급차인 산차를 조금 만드는 수준에 그치고 대개는 떡차를 만들었다. 그러나 초의가 『다신전』을 편찬하는 과정에서 차의 원리를 터득하여 주로 잎차를 만드는 데 치중했다. 이러한 사실은 범해의 「초의차」에서 확인할 수 있다. 그러므로 초의는 1830년 이전에는 산차와 떡차를 만들었지만, 점차 잎차 중심의 제다법 연구에 주력하여 결국 1840년경 산차(잎차)인 '초의차'를 완성하여 찬사를 받았다.

「동다송」 저술 배경

1) 저술 배경

　조선후기는 사회 변혁기로, 지식인들 사이에서는 실학적인 학문 풍토가 정착되면서 백과사전류가 흔하게 저술되었다. 또한 사상계에서도 매우 활발한 활동을 모색하던 시기로 새로운 사상인 천주교가 전래하였고, 실학과 성리학의 사상적 갈등이 표면화되었다. 형이상학적인 논쟁을 일삼던 전통적인 성리학에 대한 반성으로 인해 학문의 실용성에 관심을 두게 된 것이다. 이로 인해 실용과 이용후생을 실현할 실제적인 학문을 주장하는 지식인들이 늘어났다. 따라서 북학파 경화사족들의 차에 관한 관심과 애호는 이러한 지식인 사회의 인식변화와 우리 문화에 대한 가치에 눈을 뜨게 된 것에서 촉발되었다.

초의가 「동다송」을 저술한 시기는 1837년(정유) 여름인데, 이는 초의가 홍현주에게 올린 편지의 초고(草藁)에 "근래에 변지화 편에 다도를 물으시기에 마침내 옛 사람이 전한 뜻에 의거하여 조심스럽게 「동다행」 일편을 지어 올립니다(近有北山道人 乘教垂問茶道 遂依古人所傳之意 謹述東茶行一篇 以進獻)"라고 한 사실에서 알 수 있다.

그러므로 「동다송」은 원래 「동다행」으로 지어졌다는 사실이 드러났다. 그렇다면 초의의 「동다행」이 「동다송」으로 바뀐 연유는 무엇일까. 그 해답은 바로 변지화가 1837년경 초의에게 보낸 편지에 "「동다행」을 한양으로 보낼 때 사람을 시켜서 급히 등초하게 했는데 지금 열람해 보니 잘못된 것이 많습니다. 질의에 표를 한 것 이외에도 착오가 있는 것 같아서 부칩니다. 요행히 버릴 곳은 버리고 개정하시어 인편에 다시 보내주시길 바랍니다.(東茶行送京時 使人急謄 今覽多誤 懸標質疑而此外似又錯誤故 爲付呈 幸望逐處改定 回便還投 是望耳)"라고 한 것에

변지화의 편지

서 밝혀졌다.

이에 따라 초의의 「동다행」은 변지화를 통해 홍현주에게 전하려 했는데, 변지화가 다른 사람을 시켜 이 글을 필사하는 과정에서 오류를 발견하고 급히 질의처를 표시하여 초의에게 보낸다. 이런 과정에서 초의는 「동다행」의 표제를 「동다송」으로 바꿨던 것이다.

현재 초의 친필본 「동다송」은 그의 열반 직후까지도 유품 목록에 포함되어 있었지만 발굴되지 않았다. 현재까지 발굴된 「동다송」의 판본은 아모레퍼시픽 박물관 소장본과 이일우 소장본인 석오본과 한국다문화연구소의 경암본이 있다. 2002년에 송광사 성보박물관 소장본인 금명(錦溟)의 『백열록(栢悅錄)』에 수록된 「동다송」이 발굴되었고, 2010년 화봉박물관에 출품된 「동다송」본이 있다. 2014년에 K옥션에 출품된 석경각(石經閣)이란 묵서가 있고, 곳곳에 초의가 정정한 흔적이 있다는 점에서 현존 「동다송」 판본 중에 가장 신뢰할 만한 자료라 사료된다. 그러므로 본 「동다송」 번역은 '석경각' 판본을 저본으로 번역하였다.

2) 저술 의의

동다는 조선에서 나는 차를 말하며, 송(頌)은 어떤 사람, 혹은 물건의 덕성을 칭송하기 위한 것으로,『시경』의 육의(六義)에 포함되는 문체 형식이다. 송에 대한 초의의 뜻은『초의선과』에서 "송은 그 의를 드러내 칭송하여 그 오묘한 요점을 선발하여 원류를 소통하는 것(頌者 頌選其要妙 疏通源流)"이라 하였다. 그러므로 초의는 조선에서 나는 차의 덕을 드러내는 한편 차의 오묘한 이치를 가려 뽑아 차가 지닌 근원적 가치를 세상에 알리고자 했던 것이다. 그러므로 그의「동다송」은 초의가 이룩하고자 했던 차의 세계를 완성하는 과정에서 터득한 차의 원리를 피력했다. 이를 통해 선차의 우수성이 함의된 초의차를 완성했다. 초의와 교유했던 경화사족들은 초의차를 통해 차의 가치를 이해하였으며 수신에도 차가 유익한 음료임을 알게 되었다. 조선 후기 음다의 풍요로움은 중인 계층까지 확산되어 새로운 음다 풍습을 만들어 나가는 듯했지만 근대기로 이어지는 혼란 속에서 초의의 제자들은 더이상 차 문화를 튼실하게 할 토양을

만들어내지 못했다는 아쉬움을 남겼다. 하지만 초의가
완성한 제다법과 탕법은 대흥사의 다풍으로 이어져 현재
까지 이어지고 있다.

그러므로 「동다송」은 조선 후기 초의에 의해 한국 차
의 우수성과 문화의 토층을 마련했으며, 이를 통해 한국
차의 가치와 유용성, 그리고 역사적인 맥락까지도 거론
할 수 있는 한국 다서를 남겨 주었다. 이는 분명 「동다
송」 저술의 의미로, 역사적인 의의를 지닌다.

3) 체제 및 인용 문헌

「동다송」은 송이란 형식을 따라 7언 율시로 지었다.
본문과 주해로 구성되었다. 초의가 「동다송」에서 인용
한 문헌으로는 『식경(食經)』, 『이아(爾雅)』, 『안자춘추(晏
子春秋)』, 『신이기(神異記)』, 『다경(茶經)』, 『둔재한람(遯齋
閒覽)』, 『만보전서(萬寶全書)』, 『다서(茶書)』, 『십육탕품(十
六湯品)』 등이 있다. 인용한 시로는 소식(蘇軾, 1036~1101)
의 시와 노동(盧仝, 795~835)의 「주필사맹간의기신차(走

筆謝孟諫議寄新茶)」, 나대경(羅大經)의 「약탕시(瀹湯詩)」,
장맹양(張孟陽)의 「등성도루시(登成都樓詩)」, 진간재(陳簡
齋)의 다시(茶詩), 진미공(陳糜公)의 다시(茶詩), 황정견
(黃庭堅, 1045~1105)의 시 등이 있다. 우리나라 문헌으로
는 「동다기」와 이덕리(李德履, 1725~1797)의 「기다(記茶)」,
정약용의 「걸명소(乞茗疏)」 등이 있다.

東茶頌承海道人命作

艸衣沙門

后皇嘉樹配橘德受命

生南國蜜葉鬪霜貞冬

제Ⅱ장

다신전과 동다송

---

1. 『茶神傳』 원문 및 번역문

2. 「東茶頌」 원문 및 번역문

『茶神傳』 원문 및 번역문

【採茶】
채 다

採茶之候 貴及其時 太早則味不全
채 다 지 후 귀 급 기 시 태 조 즉 미 부 전

遲則神散 以穀雨前五日爲上 後五日次
지 즉 신 산 이 곡 우 전 오 일 위 상 후 오 일 차

再五日又次之 茶芽非紫者爲上[1]
재 오 일 우 차 지 다 아 비 자 자 위 상

而皺者次之 團葉又次之
이 추 자 차 지 단 엽 우 차 지

光而如篠葉者最下 徹夜無雲露 採者爲上
광 이 여 소 엽 자 최 하 철 야 무 운 로 채 자 위 상

日中採者次之 陰雨下不宜採
일 중 채 자 차 지 음 우 하 불 의 채

---

1   장원의 『茶錄』에는 "茶芽紫者爲上"이라 하였다. 초의도 「동다송」에서
    "붉은 차 싹이 가장 좋다"고 하였다.

産谷中者爲上　竹下者²次之
산 곡 중 자 위 상　죽 하 자　차 지

爛石中者又次之　黃砂中者又次之
난 석 중 자 우 차 지　황 사 중 자 우 차 지

【찻잎따기】

찻잎을 따는 시기는 때를 맞춰 따는 것이 가장 좋다. 너무 빠르게 따면 향기가 온전하지 못하고, 너무 늦게 따면 차의 색향기미가 흩어진다. 곡우(4월 20일) 전 5일(4월 15일)에 따는 것이 가장 좋고, 곡우가 지나고 5일 즈음(4월 25일)에 따는 것이 다음이요, 다시 다음 5일이 지나(4월 30일) 따는 것이 다음이다. 붉은 차 싹이 가장 좋으며, 쭈글쭈글한 것이 다음이고, 둥근 잎이 그 다음이며, (찻잎이) 번들번들거리고 조리대 잎처럼 커진 잎이 최하이다. 밤새도록 구름이 없는 밤, 이슬에 젖어 있는 찻잎을 따는 것이 가장 좋고, 한낮에 따는 찻잎은 그 다음이고, 구름이 끼거나 비 내리는 날 (찻잎을) 따는 것은 마땅하지 않다. 산곡에서 자란 차가 가장 좋고, 대나무 밑에서 자란 차가 다음이며, 자갈밭에서 자란 차가 그 다음이고, 황사(황토 흙)에서 자란 차가 그 다음이다.

2　장원의 『茶錄』에는 "竹者", 『다신전』에는 "竹下者"라 하였는데 그 의미상 차이가 없어 『다신전』의 용례에 따라 번역하였다.

【造茶】
조 다

新採 揀去老葉及枝梗碎屑 鍋廣二尺四寸
신 채 간 거 노 엽 급 지 경 쇄 설 과 광 2 척 4 촌

將茶一斤半焙之 候鍋極熱 始下茶急炒[3]
장 다 일 근 반 배 지 후 과 극 렬 시 하 차 급 초

火不可緩 待熟方退火 徹入篩中
화 불 가 완 대 숙 방 퇴 화 철 입 사 중

輕團枷數遍[4] 復下鍋中 漸漸減火 焙乾爲度
경 단 가 수 편 부 하 과 중 점 점 감 화 배 건 위 도

中有玄微 難以言顯 火候均停 色香美
중 유 현 미 난 이 언 현 화 후 균 정 색 향 미

玄微未究 神味俱疲[5]
현 미 미 구 신 미 구 피

---

3 장원의 『茶錄』에는 "始茶急炒", 『다신전』에는 "始下茶急炒"라 하였는데, 그 의미는 차이가 없어 『다신전』의 용례를 따른다.

4 장원의 『茶錄』에는 "가볍게 둥글려 비비기를 여러 번 반복하여(輕團那數遍)"라 하였고, 『다신전』엔 "가볍게 둥글려 비벼 떨기를 여러 번 반복하여(輕團枷數遍)"라 하였으니 초의의 의론을 따라 번역하였다.

【차 만들기】

새로 딴 찻잎은 묵은 잎과 줄기, 부서진 찻잎을 가려낸다. 너비가 2척 4촌쯤 되는 솥에 찻잎 한 근 반을 넣고 덖는다. 솥이 매우 뜨거울 때를 기다려 찻잎을 넣어 급히 덖기 시작하면 불을 느슨하게 할 수 없다. (찻잎이)다 덖어지면 불을 물리고 덖은 찻잎을 꺼내 대자리에 놓고 가볍게 둥글려 비벼 떨기를 여러 번 반복하여 다시 솥에 넣고 점점 불을 줄여 가며 건조하는 것이 정도(正道)이다. 그 가운데에 현묘한 이치가 있으니 말로써 드러내기는 어렵다. 제다의 현미한 원리를 연구하지 않으면 신묘한 차의 맛이 사라진다.

---

5   장원의 『다록』에는 "玄微未究 神味俱疲"라 하였다. 초의의 『다신전』
    에는 "玄微未究 神味俱妙"라 하여 글자의 출래가 있는 듯하다. 그러
    므로 장원의 『다록』을 참조하여 그 오류를 정정하였다.

【辨茶】
변 다

茶之妙 在乎始造之精　藏之得法 泡之得宜
차 지 묘 재 호 시 조 지 정　　장 지 득 법　포 지 득 의

優劣宜乎始鍋 清濁係水火[6]　火烈香清
우 열 의 호 시 과　청 탁 제 수 화　　화 열 향 청

鍋乘神倦[7]　火猛生焦 柴疏失翠 久延則過熟
과 승 신 권　　화 맹 생 초　시 소 실 취　구 연 즉 과 숙

早起却辺生[8]　熟則犯黃 生則著黑 順那則甘
조 기 각 변 생　　숙 즉 범 황　생 즉 저 흑　순 나 즉 감

逆那則澁 帶白點者無妨 絕焦者最勝
역 나 즉 삽　대 백 점 자 무 방　질 초 자 최 승

---

6 장원의 『다록』에는 "차의 청탁은 마지막 불에 달려 있다(清濁繫乎末
火)"라 하였고, 『다신전』에는 "청탁은 물과 불에 달렸다(清濁係水火)"
라고 하였다. 이 장의 문맥상 제다법에서 화후의 중요성을 언급하고
있다는 점에서 장원의 설에 따른다.

7 장원의 『다록』에는 "솥의 온도가 떨어지면 차의 색향기미가 피어나지
않는다.(鍋寒神倦)"라 하였고, 『다신전』에는 "솥이 뜨거우면 차의 색향
기미가 피어나지 않는다(鍋乘神倦)"라고 하였다. 차를 만들 때 솥의 온
도가 지나치게 뜨겁거나 너무 낮아도 차의 신은 피어나지 않는다. 그
러나 뒷문장에 솥이 뜨거우면 차가 탄다는 내용이 나오므로 장원의
설을 따라 번역하였다.

【차 분별하기】

오묘한 차는 정밀하게 차를 만드는 것에서 시작하여 저장함에 법도를 얻고 차를 끓일 때 마땅함을 얻음에 있다. (차의) 우열은 처음 솥에서 (찻잎을) 덖는데 달려 있고, (차의) 맑고 탁함은 마지막 불에 달렸다. 화력이 알맞게 뜨거워야 차향이 맑고, 솥의 온도가 낮으면 차의 향과 색, 맛이 피어나지 않는다. 불이 너무 뜨거우면 (찻잎이) 타고, 화목(火木)을 성글게 하여 불이 약하면 차의 생기(푸른 빛)를 잃는다. 찻잎이 솥에서 오래 머물게 되면 찻잎이 너무 익게 되고, 일찍 (찻잎을) 꺼내면 도리어 풋내가 난다. (찻잎이) 지나치게 익으면 차 빛이 누렇게 되고, 덜 익으면 검은 빛을 띤다. 제대로 찻잎이 익으면 (차 맛이) 달고, 어긋나면 떫다. 흰 점을 띤 차는 해롭지 않고, 타지 않은 것이 가장 좋다.

---

8 『다록』에는 "일찍 꺼내면 도리어 풋내가 난다(早起却還生)"라고 하였고, 『다신전』에는 "早起却边生"라 하였다. 边는 가장자리나 측면, 변방을 의미하므로 오자가 아닌가 생각한다. 그러므로 『다록』의 용례를 따라 번역하였다.

【藏茶】
장 다

造茶始乾 先盛舊盒中 外以紙封口 過三日
조다시건　선성구합중　외이지봉구　과삼일

俟其性復 復以微火焙極乾 待冷貯壜中
사기성복　부이미화배극건　대냉저담중

輕輕築實 以箬襯緊 將花筍籜及紙
경경축실　이약친긴　장화순약급지

數重封紮壜口 上以火煨甎冷定壓之
수중봉찰담구　상이화외전냉정압지

置茶育中 切勿臨風近火 臨風易冷
치다육중　절물임풍근화　임풍이냉

近火先黃
근화선황

【차 보관하기】

차가 처음 건조되면 우선 오래 썼던 합에 가득 담아서, 합 입구를 종이로 봉하여 삼일이 지나, 차의 본성이 회복되기를 기다렸다가 다시 은근한 불로 덖는다. 잘 건조되면 차가 식기를 기다렸다가 (차를) 항아리에 살살 꽉 채워서 대껍질로 팽팽하게 말고 죽순 껍질과 종이를 가져다가 여러 겹으로 옹기 입구를 팽팽하게 묶어 보관한다. 그 위에 불에 달군 전돌을 식혀 고정시켜 눌러 놓는다. (이것을) 다육(茶育) 속에 두되, 절대로 바람이나 불을 가까이 두지 말라. (차에) 바람이 들면 냉해지기 쉽고, 불에 가까이 두면 먼저 누렇게 변한다.

【火候】
화 후

烹茶旨要 火候爲先 爐火通紅
팽 다 지 요　화 후 위 선　노 화 통 홍

茶瓢始上 扇起要輕疾
다 표 시 상　선 기 요 경 질

待有聲稍稍重疾 斯文武之候也
대 유 성 초 초 중 질　사 문 무 지 후 야

過於文則水性柔 柔則水爲茶降
과 어 문 즉 수 성 유　유 즉 수 위 차 강

過於武則火性烈 烈則茶爲水制
과 어 무 즉 화 성 열　열 즉 차 위 수 제

皆不足於中和 非烹家要旨也[9]
개 부 족 어 중 화　비 팽 가 요 지 야

9　『다록』에는 "非茶家要旨也"라 하였고, 『다신전』에는 "非烹家要旨也"
라 하였다. 다가(茶家)와 팽가(烹家)는 의미가 같으므로, 초의의 설에
따라 번역하였다.

【불 살피기】

차를 끓이는데 중요한 요지로는 화후(숯불)가 으뜸이다. 화롯불이 온통 붉어지면 다관[茶瓢]을 비로소 올려놓고 부채로 가볍고 빠르게 부치는 것이 중요하다. (물 끓는) 소리가 나기 시작하면 점차 세고 빠르게 부치는데, 이것이 (불의) 세고 약한 상태다. 약한 불로 (물을) 오래 끓이면 수성이 약해지고, 유약해지면 물이 차의 색향기미를 떨어뜨린다. 센 불로 지나치게 끓이면 불기운이 맹렬하고, 맹렬하게 사나우면 차가 물에 제압되니 모두 중화를 이루기에는 부족하므로, 차 끓이는 사람이 알아야 할 요지는 아니다.

【湯辨】
탕변

湯有三大辨十五小辨 一曰形辨 二曰聲辨
탕유삼대변십오소변 일왈형변 이왈성변

三曰氣辨 形爲內辨 聲爲外辨 氣爲捷辨
삼왈기변 형위내변 성위외변 기위첩변

如蝦眼蟹眼 魚眼連珠 皆爲萌湯
여하안해안 어안연주 개위맹탕

直至湧沸如騰波鼓浪[10] 水氣全消 方是純熟
직지용비여등파고랑 수기전소 방시순숙

如初聲轉聲振聲驟聲 皆爲萌湯
여초성전성진성취성 개위맹탕

直至無聲 方是結熟 如氣浮一縷, 浮二縷,
직지무성 방시결숙 여기부일루 부이루

三四縷 亂不分 氤氳亂縷[11] 皆爲萌湯
삼사루 난불분 인온난루 개위맹탕

直至氣直沖貫 方是経熟
직지기직충관 방시경숙

---

10 『다록』에는 "곧바로 솟구쳐 끓지 않다가 마치 물결이 질주하듯 휘몰
아치듯 끓어오르면(直至不涌沸如騰波鼓浪)"이라 하였고,『다신전』에는
"곧바로 물이 솟구치듯이 끓어오르다가 물결이 질주하듯 휘몰아치
듯 끓으면(直至湧沸如騰波鼓浪)"라 하였다. 장원의 설이나 초의의 의표
는 표현의 기법이 다르지만 의미 상 어긋나는 것은 아니므로 초의의
설을 따라 번역하였다.

11 장원은 三四縷, 及縷亂不分, 氤氳亂繞"라 하였고, 초의는 "三四縷 亂
不分 氤氳亂縷"라 하였지만 의미상 차이가 없으므로『다신전』의 용
례를 따라 번역하였다.

【물 끓이기】

물을 끓임에는 세 가지 큰 분별법이 있고 열다섯 가지 작은 분별법이 있다.

첫째는 모양을 보고 구별하고, 둘째는 소리로 구별하며, 셋째는 김(수증기)으로 구별한다. 모양을 보고 구별하는 것은 내변(內辨)이며, 소리로 분별하는 것은 외변(外辨)이며, 김(수증기)으로 구별하는 것은 체변(捷辨)이다. (물 끓는 모양이) 게의 눈 같고 새우 눈 같으며, 물고기 눈 같고 구슬 같은 물방울이 연이어질 때는 모두 맹탕(萌湯)이며, 곧바로 물이 솟구치듯이 끓어오르다가 물결이 질주하듯 휘몰아치듯 끓으면 물 기세가 완전히 사라지는데, 이것이 순숙(純熟)이다. 물 끓는 소리가 나기 시작하여 구르는 듯한 소리가 나고 떨치는 소리가 들리다가 치달리는 소리가 날 때는 모두 맹탕이며, 곧 잠잠하여 소리가 들리지 않는 상태가 되면 이는 결숙(結熟)이다. 김(수증기)이 한 가락 피어오르다가 두 가락 올라오고 서너 가락 피어오르다가 어지러이 피어오르던 김이 하나로 엉겨 피어오르면 모두 맹탕(萌湯)이고, 곧 김이 곧게 솟구쳐 뚫어 오르면 이것이 경숙(経熟)이다.

【湯用老嫩】
탕 용 노 눈

蔡君謨湯用嫩而不用老
채 군 모 탕 용 눈 이 불 용 로

蓋因古人製茶 造則必碾 碾則必磨
개 인 고 인 제 다   조 즉 필 연   연 즉 필 마

磨則必羅則茶爲飄塵飛粉矣 於是[12]
마 즉 필 라 즉 다 위 표 진 비 분 의   어 시

和劑印作龍鳳團則見湯而茶神便浮
화 제 인 작 용 봉 단 즉 견 탕 이 다 신 변 부

此用嫩而不用老也 今時製茶 不假羅磨
차 용 눈 이 불 용 노 야   금 시 제 다   불 가 라 마

全具元體 此湯須純熟 元神始發也
전 구 원 체   차 탕 수 순 숙   원 신 시 발 야

故曰湯須五沸 茶奏三奇[13]
고 왈 탕 수 오 비   차 주 삼 기

---

12 장원은 "于是"라 하고 초의는 "於是"라 하였는데, 그 의미는 같다.

13 삼기(三奇)는 차의 진미, 진향, 진색을 말한다.

【탕, 너무 끓은 물과 덜 끓은 물의 쓰임】

채군모[14]는 덜 끓인 물[萌湯]을 쓰고 너무 끓은 물[老水]은 사용하지 않는다고 했다. 대개 옛날 사람의 제다 방법에 따르면 (차를) 만들 때 반드시 연(碾)에 간다. 연에 갈아서 만든 차는 반드시 맷돌에 갈으니, (차를) 갈면 반드시 고운 체로 쳤다. 고운 체로 (미세하게 간 차를) 치면 분말이 흩어지며 날린다. 이것(차 가루)을 뭉쳐 둥근 용봉 단차로 찍어낸다. 단차에 탕을 부으면 차의 색향미가 드러난다. 단차는 맹탕(萌湯)을 쓰지만 너무 끓은 물을 쓰지 않는다. 지금(명대) 차를 만들 때(잎차)에는 고운체나 맷돌을 사용하지 않는다. 그러나 온전한 차의 색향기미를 갖췄다. 잎차를 다릴 때 순숙(純熟)으로 끓인 물이어야 차의 색향기미가 비로소 피어난다. 그러므로 "탕은 순숙으로 끓여야만 차의 진색, 진향, 진미가 드러난다." 라고 한 것이다.

---

14 채양(蔡襄 1012~1067) 자는 군모(君謨), 시호는 충혜(忠惠)다. 정치가, 서예가로, 송 4대가 중에 한 분이다. 흥화군 선유(興化軍仙遊, 福建省·田)에서 출생, 천성 8년(1030년)에 진사로 단명전(端明殿) 학사가 되었다. 그러므로 채단명이라고도 부른다. 한림학사, 삼사사(三司使)를 역임했다. 글씨는 주월(周越)에게 배웠고 후일 안진경(顔眞卿)에게도 배워 행서, 초서에 능했다. 소식은 그의 글씨가 우미한 골력(骨力)이 있다고 천하제일이라 평한 바 있다. 북송대에 정위가 대용봉단을 만든 후, 채양이 소용봉단을 완성함으로써 중국 차 문화를 화려하게 꽃피게 할 토대를 마련했다.

【泡法】
포법

探湯純熟 便取起 先注少許壺中
탐 탕 순 숙 변 취 기 선 주 소 허 호 중

袪蕩冷氣傾出 然後投茶 多寡宜酌
거 탕 냉 기 경 출 연 후 투 차 다 과 의 작

不可過中失正 茶重則味苦香沈
불 가 과 중 실 정 다 중 즉 미 고 향 침

水勝則色淸氣寡 兩壺後 又用冷水蕩滌
수 승 즉 색 청 기 과 양 호 후 우 용 냉 수 탕 척

使壺涼潔 不則減茶香矣 礶熱則茶神不健
사 호 양 결 부 즉 감 다 향 의 관 열 즉 다 신 불 건

壺淸水性當靈 稍俟茶水沖和然後
호 청 수 성 당 령 초 사 차 수 충 화 연 후

冷釃布飮 釃不宜早 飮不宜遲
냉 시 포 음 시 불 의 조 음 불 의 지

早則茶神未發 遲則妙馥先消
조 즉 다 신 미 발 지 즉 묘 복 선 소

【차 끓이기】

탕이 순숙이 되었는지를 살펴서 곧 탕관을 들어낸다. 먼저 다관 (차 주전자)에 물을 조금 부어서 냉기를 없앤 다음 (물을) 따라 버린 후 차를 넣는다. (차의) 양에 따라 알맞게 따라야 하는데, (차의 양이) 넘치 거나 적당함을 잃지 않아야 한다. 차의 양을 많이 넣으면 맛이 쓰고 향이 가라앉는다. 물을 많이 넣으면 색이 엷고 맛이 싱겁다. 재탕한 후, 다시 냉수로 다관을 씻어서 다관을 청결하게 해야 하는데, 그렇 지 않으면 차향이 줄어든다. 다관이 너무 뜨거우면 차의 색향기미가 드러나지 않는다. 다관이 청결해야 수성이 신령하게 드러난다. 잠시 후 차와 물이 어우러져 조화로워진 연후에 깨끗한 포에 걸러내 마시 는데, (차를) 일찍 걸러내는 것은 마땅하지 않으며, 차를 마시는 것은 천천히 늦추어 마시지 않는다. (차를) 일찍 따르면 차의 색향기미가 피어나지 않고 늦게 마시면 오묘한 차의 향기가 먼저 사라진다.

【投茶】
투 다

投茶行序[15] 無失其宜 先茶後湯曰下投
투 다 행 서　　무 실 기 의　　선 차 후 탕 왈 하 투

湯半下茶 復以湯滿曰中投
탕 반 하 차 부 이 탕 만 왈 중 투

先湯後茶曰上投
선 탕 후 차 왈 상 투

春秋中投 夏上投 冬下投
춘 추 중 투　　하 상 투　　동 하 투

【차 넣기】

차를 (다관에) 넣는 것은 차례대로 행해야 하며 그 마땅함을 잃지 않아야 한다. 차를 먼저 넣고 (끓은) 물을 나중에 넣는 것을 하투(下投)라 하며, 물을 반 넣고 차를 넣은 후 다시 물을 가득 붓는 것을 중투(中投)라 하고, 먼저 (다관에) 물을 넣은 후 차를 넣는 것을 상투(上投)라 한다. 봄이나 가을에는 중투(中投)법을 쓰고, 여름에는 상투(上投)법을 쓰며, 겨울에는 하투(下投)로 차를 달인다.

15　장원은 "投茶有序"라 하였고, 초의는 "投茶行序"라 하였다. 의미상 차이가 없으므로 초의의 설을 따라 번역했다.

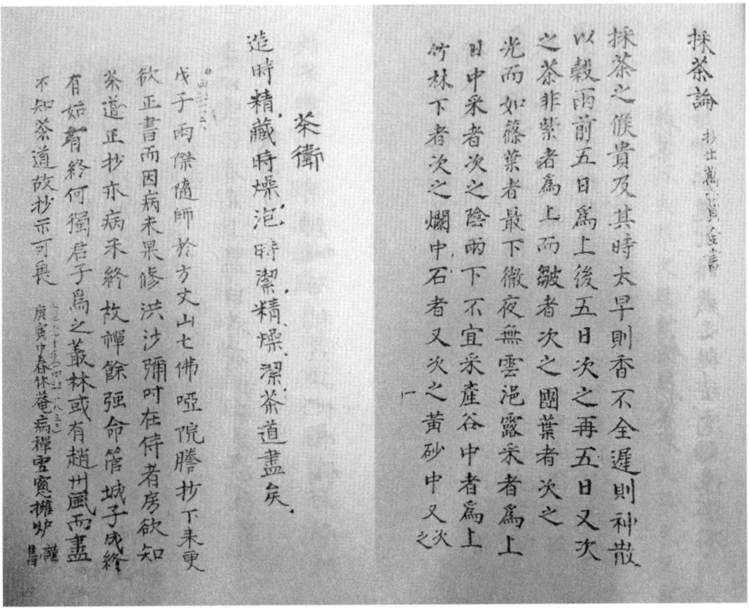

採茶論 抄出萬寶全書

採茶之候貴及其時太早則香不全遲則神散以穀雨前五日爲上後五日次之再五日又次之茶芽紫者爲上而皺者次之團葉者次之光面如篠葉者最下徹夜無雲浥露采者爲上日中采者次之陰雨下不宜采産谷中者爲上竹林下者次之爛石中者又次之黃砂中又次之

一

茶衛

造時精藏時燥泡時潔精燥潔茶道盡矣

戊子雨際隨師於方丈山七佛啞院謄抄下來更欲正書而因病未果修洪沙彌時在侍者房欲知茶道正抄亦病未終故禪餘强命管城子成終有始有終何獨君子爲之叢林或有趙州風而盡不知茶道故抄示可畏

庚寅中春休菴病禪雪窓擁爐謹書

『다신전』

【飮茶】
음 다

飮茶以客少爲貴 客衆則喧 喧則雅趣乏矣
음 다 이 객 소 위 귀 객 중 즉 훤 훤 즉 아 취 핍 의

獨啜曰神 二客曰勝 三四曰趣 五六曰泛
독 철 왈 신 이 객 왈 승 삼 사 왈 취 오 륙 왈 범

七八曰施
칠 팔 왈 시

[차 마시기]

차를 마실 때에는 손님이 적을수록 좋다. 객이 많으면 시끄럽고, 소란하면 고상한 정취(정경, 취미)가 사라진다. 홀로 마시는 것을 신묘하다고 말하며, 두 사람이 마시면 좋고, 서넛이 마시는 것을 아취가 있다고 하며, 대여섯 명이 마시는 것을 들뜬다고 하며, 일곱 여덟 명이 마시는 것은 베푼다고 한다.

【香】
향

茶有眞香 有蘭香 有淸香 有純香
차유진향　유난향　유청향　유순향

表裏如一曰純香[16] 不生不熟曰淸香
표리여일왈순향　　불생불숙왈청향

火候均停曰蘭香 雨前神具曰眞香
화후균정왈난향　우전신구왈진향

更有含香漏香浮香間香 此皆不正之氣
갱유함향누향부향간향　차개부정지기

[차 향]

차에는 참된 향기[眞香]가 있고 환한 난향(蘭香)이 있으며 맑은 향기[淸香]가 있고 순한 향기[純香]가 있다. 겉과 속이 동일한 것을 순향(純香)이라 하고, 풋내가 나지 않고 잘 익힌 것을 맑은 향기라고 하며, 불기운이 고르게 머무른 것을 난향이라 하고, 곡우(穀雨, 4월 20일) 전에 신묘함이 갖추어진 것을 진향(眞香)이라 한다. 다시 함향(含香),[17] 누향(漏香),[18] 부향(浮香),[19] 간향(間香)[20]이 있으니 이것은 모두 부정한 향기이다.

---

16 장원은 "表里如一纯香"이라 하였고, 초의는 "表裏如一曰純香"이라 하였다. 그 의미는 동일하다.

17 함양(含香)은 차의 향이 가라앉아 상쾌함이 부족한 상태.

18 누향(漏香)은 가라앉아 무거운 듯하며 여러 향이 겹쳐서 나는 상태.

【色】
색.

茶以青翠爲勝 濤以藍白爲佳 黃黑紅昏
차 이 청 취 위 승　도 이 남 백 위 가　황 흑 홍 혼

俱不入品 雲濤爲上 翠濤爲中 黃濤爲下
구 불 입 품　운 도 위 상　취 도 위 중　황 도 위 하

新泉活火 煮茗玄工 玉茗水濤 當杯絶技
신 천 활 화　자 명 현 공　옥 명 수 도　당 배 절 기

【차의 색】

차는 청취한 빛깔이 나는 것이 좋고, 차색은 남백(藍白)이 가장
아름답다. 누렇거나 검거나 붉거나 탁한 것은 모두 정픔(精品)에 들
어가지 못한다. 흰 구름처럼 맑은 빛이 가장 좋고, 푸른 빛깔은 중간
이며, 누런 빛깔은 하픔이다. 새로 길어온 깨끗한 물과, 화력이 센 불
과 약한 불이 잘 조절된 불로, 차를 다리는 솜씨, 현묘하고도 공교하
다. 맑고 푸른 차를 찻잔에 담는 건, 절묘한 재주로다.

---

19 부향(浮香)은 들떠 있는 향.

20 간향(間香)은 다른 향과 섞여 있어 안정감이 없는 향.

【味】
미

味以甘潤爲上 苦澁爲下
미 이 감 윤 위 상 고 삽 위 하

【차의 맛】

달고 부드러운 맛이 최상이며 쓰고 떫은 맛은 하품이다.

【點染失眞】
점 염 실 진

茶自有眞香有眞色有眞味 一經點染
차 자 유 진 향 유 진 색 유 진 미 일 경 점 염

便失其眞 如水中着鹹 茶中着料 碗中着薑
변 실 기 진 여 수 중 착 함 차 중 착 료 완 중 착 강

皆失眞也
개 실 진 야

【오염되면 (차의) 참됨을 잃는다】

차에는 참된 향과 색과 맛이 있다. 한 번이라도 오염되면 차의 참된
색향기미가 사라진다. 만약 물에 소금기가 있거나 차에 다른 재료가 들
어가거나 찻잔에 생강 맛이 물게 되면 모두 차의 참된 기미가 사라진다.

【茶變不可用】
차변불가용

茶始造則青翠 收藏不得其法[21] 一變至綠
차시조즉청취 수장부득기법   일변지록

再變至黃 三變至黑 四變至白 食之則寒胃
재변지황 삼변지흑 사변지백 식지즉한위

甚至瘠氣[22]成積
심지척기 성적

【변한 차는 쓸 수 없다】

처음 만든 차는 즉 청취한 빛을 띤다. (차의) 보관은 그 원리를 얻지 못하여 처음 변하면 녹빛을 띠고, 더 변하면 누런빛을 띠고, 또다시 변하면 검은빛을 띠고, 다시 또 변하면 흰빛을 띠는데, 변한 차를 마시면 위가 냉해지고 더 심해지면 척기가 쌓이게 된다.

---

21 장원은 "收藏不法"이라 하였고 초의는 "收藏不得其法"이라 하였는데 그 의미는 같다.

22 얼굴빛이 파리해지고 몸이 수척해지는 것.

무쇠 다관에 물 끓이는 장면

【品泉】
품천

茶者水之神 水者茶之體 非眞水 莫顯其神
차 자 수 지 신　수 자 차 지 체　비 진 수　막 현 기 신

非精茶 莫窺其體[23] 山頂泉清而輕
비 정 차　막 규 기 체　　산 정 천 청 이 경

山下泉清而重 石中泉清而甘
산 하 천 청 이 중　석 중 천 청 이 감

沙中泉清而冽 土中泉淡而白
사 중 천 청 이 렬　토 중 천 담 이 백

流于黃石爲佳 瀉出青石無用
유 우 황 석 위 가　사 출 청 석 무 용

流動者愈于安靜 負陰者眞於陽[24]
유 동 자 유 우 안 정　부 음 자 진 어 양

眞原無味 眞水無香
진 원 무 미　진 수 무 향

---

23 장원은 "정차가 아니면 어찌 차의 본질을 엿보겠는가(非精茶曷窺其體)"라 하였고, 초의는 "차의 본질을 엿볼 수 없다(莫窺其體)"라고 하였다. 어감이 좀 다르게 느껴지지만 그 의미하는 바는 크게 차이가 없으므로, 초의 설을 따라 번역하였다.

24 장원은 "負陰者 勝于向陽"이라 하였고, 초의는 "負陰者 眞於陽"이라 하였다. 그 의미는 다르지 않다. 초의 설을 따라 번역한다.

【물에 대한 품질】

차는 물의 신[25]이요, 물은 차의 체[26]다. 참된 물[27]이 아니면, 신령한 차의 색향기미를 드러내지 못하며, 법도에 따라 잘 만들어진 차가 아니면 물의 본질을 엿볼 수 없다. 산꼭대기에서 솟는 물은 맑고 가벼우며, 산 아래에서 솟는 물은 맑지만 무겁다. 돌에서 솟는 샘은 맑고 달며, 모래에서 솟는 샘은 맑지만 싱겁다. 흙에서 솟는 샘은 담백하다. 누런 돌 위를 흐르는 물이 좋고, 푸른 빛 나는 돌에서 솟는 물은 쓰지 않는다. 흐르는 물은 고여 있는 물보다 좋다. 그늘진 곳에 있는 물은 햇빛이 드는 데 있는 물보다 좋다. 참된 물은 맛이 없고 향도 없다.

---

25 차의 신은 색향기미를 말한다.

26 차의 근원, 본질, 바탕을 말한다.

27 차를 다리기에 가장 좋은 물로, 차의 색향기미를 가장 잘 드러낸다.

【井水不宜茶】
정 수 불 의 차

茶經云 山水上 江水次 井水最下矣
다 경 운 산 수 상 강 수 차 정 수 최 하 의

第一方不近山 卒無泉水 惟當春多積梅雨[28]
제 일 방 불 근 산 졸 무 천 수 유 당 춘 다 적 매 우

其味甘和 乃長養萬物之水 雪水雖清
기 미 감 화 내 장 양 만 물 지 수 설 수 수 청

性感重 陰寒入脾胃 不宜多積
성 감 중 음 한 입 비 위 불 의 다 적

【우물물은 차에 좋지 않다】

　『다경』에 '산에서 나는 물이 좋고, 강물이 그 다음이며, 우물물이 최하이다' 라고 하였다. 집 근처에 산이 없어 마침내 샘물이 없다면 오직 봄철에 비가 많이 내릴 때 빗물을 넉넉히 받아두는 것이 마땅하다. 빗물은 맛이 달고 온화하므로 만물을 성장시키는 물이다. 눈을 녹인 물이 비록 맑더라도 물의 성질이 무겁고 냉하다. 냉한 기운이 비위에 들어가 (음한 기운이 몸에) 많이 쌓이는 것은 좋지 않다.

28　장원은 "惟當多積梅雨"라 하였고, 초의는 "惟當春多積梅雨"라 하였다. 매우는 장마 비를 말한다. 초의는 봄이라는 말을 첨가하였는데, 이는 중국, 강남지역은 12~1월경에 매화가 피고 비가 많이 내리는 장마철이고, 조선의 장마철은 7~8월 여름이라는 점을 감안한 것이다. 초의의 설에 따라 번역하였다.

【貯水】
저 수

貯水甕 須置陰庭中 覆以紗帛
저 수 옹 수 치 음 정 중 복 이 사 백

使承星露之氣則英靈不散 神氣常存
사 승 성 로 지 기 즉 영 령 불 산 신 기 상 존

假令壓以木石 封以紙箬
가 령 압 이 목 석 봉 이 지 약

暴於日下則外耗其神 內閉其氣 水神敝矣
폭 어 일 하 즉 외 모 기 신 내 폐 기 기 수 신 폐 의

飲茶惟貴乎茶鮮水靈 茶失其鮮
음 다 유 귀 호 차 선 수 령 차 실 기 선

水失其靈則與溝渠水何異
수 실 기 령 즉 여 구 거 수 하 리

【물의 저장】

물을 담아두는 항아리는 반드시 그늘진 뜰에 두며, 얇은 비단으로 덮어서 밤이슬의 기운을 받게 하면 (물의) 영롱한 기운이 흩어지지 않아 신령한 기운이 늘 보존된다. 가령 물을 담아 두는 항아리 위에 나무나 돌로 눌러두거나 종이나 죽순 껍질로 봉하여 햇볕에 두면 겉으로는 신령한 물의 기운이 흩어지고, 안에서는 활기가 사라진다. 차를 마시는 것은 오직 신선한 차와 신령한 물을 귀하게 여긴다. 차가 그 신선함을 잃고 물이 그 신령함을 잃었다면 도랑물과 무엇이 다르랴.

【茶具】
다구

桑苧翁 煮茶用銀瓢 調過於奢侈 後用磁器
상저옹 자다용은표 조과어사치 후용자기

又不能持久 卒歸于銀 愚意銀者
우불능지구 졸귀우은 우의은자

宜貯朱樓華屋 若山齋茅舍 惟用錫瓢
의저주루화옥 약산재모사 유용석표

亦無損于香色味也 但銅鐵忌之
역무손우향색미야 단동철기지

【다구】

　육우(상저옹)가 차를 달일 때 은주전자를 사용했는데, 너무 사치
한다고 여겨 후에 자기 그릇을 썼지만, 오래 쓸 수가 없어 마침내 은
주전자를 썼다고 한다. 내가 생각하기론 은주전자는 고관대작들의
집에서 사용하기에 마땅하다. 만약 산속이나 초가집에 사는 사람은
주석 주전자를 쓴다 하여도 (차의) 색향미를 손상시키지 않는다. 다만
청동이나 철로 만든 주전자는 금기해야 한다.

【茶盞】
다 잔

盞以雪白者爲上 藍白者不損茶色次之
잔 이 설 백 자 위 상   남 백 자 불 손 다 색 차 지

【찻잔】

　잔은 설백색이 가장 좋고, 푸른빛이 도는 백색 잔도 차색을 손상
시키지 않으므로 그 다음으로 친다.

【拭盞布】
식 잔 포

飮茶前後 俱用細麻布拭盞 其他易穢
음 다 전 후   구 용 세 마 포 식 잔   기 타 물 예

不堪用
불 감 용

【잔을 닦는 수건】

　차를 마시기 전후하여 고운 마포로 잔을 닦는다. 다른 것은 더럽
혀지기 쉬우므로 감당할 수 없다.

【茶衛[29]】
다 위

造時精 藏時燥 泡時潔 精燥潔 茶道盡矣
조 시 정　장 시 조　포 시 결　정 조 결　다 도 진 의

【차 지키기】

차를 만들 때 정밀하게 하고, 저장할 때 건조하게 하고, 끓일 때 청결하게 해야 한다. 정밀함과 건조함과 청결함은 다도의 극치다.

29　장원의 『다록』에는 "茶道"라 하였고, 초의는 "茶衛"라 하였다. 다도를 다위라 고친 초의의 의도는 알려지지 않았다. 그러나 다도는 차사의 전반을 말하는 것이며, 다위는 차 지키기라는 의미로 상정해 보면, 초의의 뜻은 차를 어떻게 할 때 정차로서의 본질을 보존할 수 있는가라는 부분에 그 의미를 강조하고 있다. 그리고 장원의 『다록』에는 「茶道」 앞 단원에 「다합에 차 나누기(分茶盒)」에서 '주석으로 만든 큰 항아리에서 쓸 차를 나눠 두었다가 모두 사용하면 다시 꺼낸다(以錫为之 從大坛中分用 用盡再取)'라고 하는 부분이 들어 있다. 그러나 초의의 『다신전』에서는 이 부분을 생략하였다. 아마 명대에는 큰 항아리에 차를 보관해 두었다가 일정 기간 사용할 차를 작은 다합에 덜어 사용했으며, 초의 당시에는 차를 많이 생산할 수 있는 상황이 아니어서 이 부분을 생략한 듯하다.

칠불암 아자방

戊子雨際 隨師於方丈山 七佛啞院
무 자 우 제 수 사 어 방 장 산 칠 불 아 원

謄抄下來 更欲正書 而因病未果
등 초 하 래 갱 욕 정 서 이 인 병 미 과

修洪沙彌 時在侍者房 欲知茶道
수 홍 사 미 시 재 시 자 방 욕 지 다 도

正抄亦病未終 故 禪餘强命管城子成終
정 초 역 병 미 종 고 선 여 강 명 관 성 자 성 종

有始有終 何獨君子爲之 叢林 或有趙州風
유 시 유 종 하 독 군 자 위 지 총 림 혹 유 조 주 풍

而盡不知茶道 故 抄示可畏
이 진 부 지 다 도 고 초 시 가 외

庚寅中春 休菴病禪 雪窓擁爐謹書
경 인 초 춘 휴 암 병 선 설 창 옹 로 근 서

무자년(1828) 곡우 즈음에 스승인 대은과 금담 스님을 따라 지리 산에 갔다가 칠불암의 아자방에서 (다록을) 등초하여 다시 깨끗하게 쓰려고 했지만, 병으로 인해 정서하지 못했다. 수홍 사미가 시자 방에 있을 때 다도를 알고자 하여 정초(正抄)하고자 했으나 다시 병이 나 끝내지 못하였기에 참선하는 여가에 억지로 붓을 들어 완성하였다. 시작이 있으면 마침이 있다는 것이 어찌 군자만 하는 것이랴. 총림(승단)에는 혹 조주의 유풍이 있었지만 모두 다도를 모른다. 그런 까닭으로 뽑아 기록했지만 두려워할 만하다.

경인년(1830) 봄 휴암병선[30]이 눈 내리는 창가, 화로 곁에서 삼가 쓰노라.

---

30 초의의 별호이다.

2

「東茶頌」¹ 원문 및 번역문

【석경각본】

海居道人 垂詰製茶之候 遂謹述東茶頌一篇以對

해거도인이 차 만드는 상황을 물으시기에 마침내 「동다송」 일편을 조심스럽게 지어 답합니다.

1　「동다송」 판본은 아모레퍼시픽 박물관 본, 한국차문화연구소본인 경암본, 이일우 소장본인 석오본, 송광사본인 『백열록』본 등이 있다. 2014년 9월 K옥션에 나온 석경각(石經閣)이란 묵서가 있다. 소장자 구명회의 당호이다. 이 자료의 체재는 가로 9cm, 세로 24.2cm, 총 20면으로 구성되었다. 첫 면 하단에 '海居道人垂詰製茶之候 遂謹述東茶訟一篇以對(초의 친필)'라는 글씨가 있다. 이외에도 2010년 화봉박물관에 출품된 「동다송」본이 있다. 본 「동다송」 번역은 석경각본을 저본으로 삼았고, 송광사본과 아모레퍼시픽 박물관본을 비교 참조하였다.

后皇嘉樹配橘德
후 황 가 수 배 귤 덕

受命不遷生南國
수 명 불 천 생 남 국

密葉鬪霰貫冬青
밀 엽 투 산 관 동 청

素花濯霜發秋榮[2]
소 화 탁 상 발 추 영

하늘이 차나무를 귤나무의 덕성과 짝하시어

옮기지 못하는 천명대로 남쪽에서 사네.

짙은 잎은 싸락눈에도 견디어 겨우내 푸르고

해맑은 찻꽃은 서리에 씻긴 듯, 무성히도 가을에 피었네.

茶樹如瓜爐 葉如梔子 花如白薔薇 心黃如金 當秋開花 清香隱

然云

차나무는 고로나무[3]와 같고, 잎은 치자 잎과 같다. 꽃은 백장미와 같으

며 꽃술은 노란 황금과 같다. 가을에 피는 꽃은 맑은 향이 은은하다고 한다.

---

2 송광사 금명의 『栢悅錄』에 기록된 「동다송」에는 '榮'자가 운을 어겼다
   하여, '白'자로 정정하는 것이 좋다는 견해를 보였다.(榮違韻 疑白字) 석
   경각본엔 榮, 아모레퍼시픽본엔 榮이라 하였다.

3 고로종은 차나무 기원 원종이다. 교목실 지음·박용구 옮김, 『차의 기
   원을 찾아서』, 경북대학 출판부, 2002, p.118.

「동다송」 석경각본

석경각본 「동다송」은 횡으로 긴 종이를 접어 총 20면의 첩 형태로 만들고 각 면은 가늘게 먹 선을 그어 다섯줄로 구획한 후에 큰 글씨로 본문을, 주석은 작은 글씨로 한 자 한 자 정성스럽게 써내려갔다. 첩의 제 1면 우측 하단에는 '海居道人 垂詰製茶之候 遂謹述東茶頌一篇以對[해거도인(홍현주를 뜻함)이 차 만드는 상황을 물으시기에 마침내 「동다송」 일편을 조심스럽게 지어 답합니다]라는 묵서가 있다. 이는 초의선사의 친필이다. 그러므로 초의는 이 판본을 직접

東茶頌承海道人命作

后皇嘉樹配橘德
受命不遷生南國
密葉鬪霰貫冬靑
素花濯霜發秋榮
姑射仙子粉肌潔
閻浮檀金芳心結
沆瀣漱淸碧玉條
朝霞含潤翠禽舌
天優人鬼俱愛重
知爾爲物誠奇絶
炎帝曾嘗載食經
醒醐甘露舊傳名

上御以龍鳳紋供御青以金
成東坡詩紫金百餅費萬錢
真色香一經點染失真性
道人雅欲全其嘉曾向
誰知自饒

顧手栽那養得五斤獻君王吉祥蕤与聖

동다송 머릿 부분

'海居道人 垂詰製茶之候 遂謹述東茶頌一篇以對'
라고 쓴 부분이 초의선사 친필 글씨다.

봤다는 것을 의미한다. 그리고 표지에 묵서된 '석경각(石經閣)'은 구명회가(具明會家) 사랑채의 당호(堂號)이다. 이곳은 초의선사와 추사 김정희, 이재 권돈인 등 당대의 많은 문인들이 드나든 곳이라 한다. 이 석경각본 「동다송」은 영조의 부마로 남양주시 평내동의 궁을 하사받았던 능성위(綾城尉) 구민화(具敏和)의 후손인 구명회의 구장본이다.

姑射仙子⁴粉肌潔
고 야 선 자 분 기 결

閻浮檀金⁵芳心結
염 부 단 금 방 심 결

沆瀣漱清碧玉條
항 해 수 청 벽 옥 조

朝霞含潤翠禽舌
조 하 함 윤 취 금 설

(차 꽃은) 고야산 신선이 분바른 듯 맑은 살결이요

염부단의 황금이 꽃술에 맺힌 듯 하여라.

맑은 이슬에 말끔히 씻긴 듯, (비취 같은) 푸른 줄기요

(차 싹은) 아침 이슬 함초롬히 머금은 푸른 새의 혀와 같구나.

李白⁶云 荊州玉泉寺青溪諸山 有茗艸羅生 枝葉如碧玉 玉泉眞
公常采飲

이백은 '형주 옥천사의 맑은 계곡과 산에는 차나무가 널리 퍼져 있는데
가지와 잎은 푸른 옥과 같으니 옥천사의 진공이 항상 따서 마신다'고 했다.

---

4   고야산은 산서성 임분시(臨汾市) 양릉 분성현에 있다.

5   염부수의 대삼림을 흐르는 강에서 나오는 사금을 말한다. 염부수는
     나무 이름이다. 교목으로 4~5월에 꽃이 핀다. 염부제(수미산 남방의 대
     륙) 안에서 향취산과 설산 사이에서 있다.

天仙[7]人鬼俱愛重
천 선 인 귀 구 애 중

知爾爲物誠奇絶
지 이 위 물 성 기 절

炎帝曾嘗載食經
염 제 증 상 재 식 경

醍醐甘露舊傳名
제 호 감 로 구 전 명

하늘과 신선, 사람과 귀신이 모두 (차를) 아끼고 중히 여기니

너의 품성이 진실로 기이하고 빼어났음을 알겠노라.

염제께서 일찍이 (차를) 맛보시고 『식경』에 실었고

제호나 감로는[8] 예로부터 전해짐이라.

---

6 이백(701~762)은 두보와 함께 중국 최고의 시인으로 시선(詩仙)이라 칭
   송되는 인물, 호는 청련거사이다. 술을 즐겨 주선(酒仙)이라 칭송된다.
   젊어서 여러 지방을 주유하였고, 늦게 벼슬에 올랐으나 안록산의 난
   으로 불우한 만년을 지냈다. 한때 당 현종의 총애를 받았으나 환관
   고력사의 시기로 어려움을 겪었다. 그는 차를 즐긴 여러 편의 다시를
   남겼고, 그와 차에 얽힌 고사가 전해진다. 저술로는 『이태백시집』 30
   권이 전해진다.

7 석경각본엔 僊. 仙과 동일한 글자.

8 제호와 감로는 차 이름이다. 세상의 음식과 물 중에서 가장 맛있는
   것을 상징한다.

炎帝食經云 茶茗久服 人有力悅志云[9]

王子尙 詣曇齋道人于八公山 道人設茶茗 子尙味之曰 此甘露也

羅大經[10]瀹湯詩 松風檜雨到來初 急引銅瓶離竹爐 待得聲聞俱
寂後 一甌春雪勝醍醐

염제[11]의 『식경』에 '차를 오래도록 마시면 사람이 힘이 생기고 마음이
즐겁다'라고 하였다. 왕자상[12]이 팔공산으로 운재도인을 찾아가니 도인
이 차를 내었다. 왕자상이 맛보고, '이것이 감로로다' 하였다. 나대경[13]의
「약탕시」에 '물 끓는 소리(松風檜雨)가 나기 시작하면 죽로에서 급히 동병
을 들어냄이라. (물 끓는)소리가 고요해지기를 기다린 후 한 잔의 차는 제
호보다 좋다'고 하였다.

---

9   云은 다송자본, 석경각본에만 있다.

10   나대경은 남송, 여릉(廬陵)사람이다. 자는 경윤이다. 차를 즐긴 인물
     로, 많은 시문을 남겼다.

11   염제는 중국 고대 황제로, 신농씨를 말한다. 농사법과 약을 세상에
     알려 주었다. 농사 신으로 추앙한다.

12   남조 때, 송 무제의 여덟 번째 아들. 아버지의 총애를 받아 형 유자업
     이 즉위하자 10세에 죽임을 당했다. 숙부인 명제가 왕에 오르자 신안
     왕으로 추증되었다.

13   나대경의 자는 경윤(景綸), 호는 유림(儒林), 혹은 학림(鶴林)이라 하였
     다. 1222년 향시에 급제, 1226년 진사에 올랐고 여러 관직에 나갔지
     만 1252년 섭대유(葉大有)에 탄핵을 받은 후 두문불출하며 독서와 저
     술에 매진하였다. 저서로는 『학림옥로(鶴林玉露)』를 남겼다.

解酲少眠證周聖
해 정 소 면 증 주 성

脫粟伴菜聞齊嬰
탈 속 반 채 문 제 영

虞洪薦犧乞丹邱
우 홍 천 희 걸 단 구

毛仙示叢[14]引秦精
모 선 시 총 　 인 진 정

술을 깨고 잠을 적게 함은 주공께서 증명하셨고

거친 밥과 차 나물을 먹은 이는 제나라 재상 안영이라네.

우홍은 단구자의 청으로 차를 올렸고

털보 신선이 진정을 끌고 가 차나무를 보여주었네.

---

14 금명본에는 (虅)로 되어 있다. 이 글자의 음은 구일 것이라 짐작된다.
　　이 글자의 뜻은 '풀이 우거져 돋다'이다.

爾雅[15] 檟苦茶 廣雅 荊巴間 采葉其飲 醒酒令人少眠

晏子春秋[16] 嬰[17]相齊景公時 食脫粟之飯 炙三戈 五卵茗菜而已

『이아』에 '가(檟)는 쓴 나물'이라고 하였다. 『광아』에 '형주와 파주 지방에서는 찻잎을 따서 (차를) 마시면 술이 깨고 잠을 적게 한다'라고 했다.

『안자춘추』에 '안영이 제나라 경공의 재상으로 있을 때에 거친 밥, 구운 고기 세 꼬치, 계란 다섯 개와 차 나물을 먹었을 뿐'이라고 했다.

神異記 餘姚人虞洪 入山採茗 遇一道士 牽三靑牛 引洪至瀑布山曰 予丹丘子也 聞子善具飲 常思見惠 山中有大茗 可相給 祈子他日 有甌犧之餘 乞相遺也 因奠祀後入山 常獲大茗

宣城[18]人秦精 入武昌山[19]中採茗 遇一毛人 長丈餘 引精至山下示以叢茗而去 俄而復還 乃探懷中橘以遺精 精怖負茗而歸

---

15 13경전 중에 하나이다. 문자의 뜻을 고증하여 설명한 일종의 사전적인 성격이 강한 문헌이다. 한나라 유희(劉熙)는 '이아'의 의미에 대해, '이'는 가깝다는 뜻이며 '아'는 바르다는 의미라고 정의하였다. 『이아』를 주목하기 시작한 것은 『한서』 예문지에서 육예류(六藝類)에 포함시키면서이다.

16 춘추시대(BC 770~476) 제나라의 이름난 재상 안영(BC ?~500)의 언행과 행적을 기록한 책이다.

17 안영은 춘추시대 제나라 사람. 제나라 영공(靈公), 장공(莊公), 경공(景公, 재위기간 BC 547~490) 때에 재상을 지낸 인물로, 청렴하고 검소했다. 공자는 안영이 오래도록 공손하여 친구를 잘 사귄다고 칭송했다.

『신이기』에, "여요 사람 우홍이 산에 들어가 찻잎을 따다가 푸른 소 세 마리를 끌고 오는 어떤 도인을 만났는데, 우홍을 데리고 폭포산으로 가서 '내가 단구자다. 그대가 차를 잘 만든다고 하니 늘 은혜를 입을 수 있을까 생각했네. 산속에는 차나무가 많으니 내가 도와줄 수 있노라. 그대가 다음에 제사를 지낼 때에 남은 차가 있으면 도움을 주기 바란다'고 하였다. 이로부터 (단구자에게) 제사를 지낸 후 산에 들어갔는데, 늘 찻잎을 딸 수 있었다. 선성 사람 진정이 무창산에 들어가 찻잎을 따다가 어떤 털북숭이 사람을 만났는데, 키가 십 척이 넘었다. (그가) 진정을 데리고 산속으로 가서 울창한 차나무를 보여주고 사라졌다. 잠시 후 다시 돌아와 품속에서 귤을 꺼내 진정에게 주거늘, 진정이 놀라서 찻잎을 지고 돌아왔다"라고 하였다.

---

18 안휘성 선성현을 말한다.

19 호북성 악성현(鄂城縣) 남쪽에 있는 산 이름이다.

潛壤不惜謝萬錢
잠 양 불 석 사 만 전

鼎食[20]獨稱冠六情[21]
정 식 독 칭 관 육 정

開皇醫腦傳異事
개 황 의 뇌 전 이 사

雷笑茸香取次生
뇌 소 이 향 취 차 생

---

20 정(鼎)은 제기였다. 관직의 품계에 따라 정의 수에 차등을 두어 사용했다. 9정은 최고의 관직인 재상이 사용하는 정의 숫자이며, 품계에 따라 9정, 7정, 5정, 3정, 1정 등으로 나눈다.

21 육정(六情)은 오자이다. 맹량은 장재(張載)의 자(字)로, 장맹량(265~316)을 말한다. 명은 재(載)이다. 그의 「등성도루시(登城都樓詩)」에 "향기로운 차는 여섯 가지 음료 중에 제일이다(芳茶冠六淸)"라고 하였다. 그러므로 육정(六情)을 육청(六淸)으로 바로잡아 번역한다. 水(물), 漿(소스의 일종), 醴(단술), 酏(맑은 술), 醇(진한 술), 醬(젓갈로 만든 소스) 등을 육청이라 한다.

그의 「등성도루시(登城都樓詩)」는 다음과 같다. 借問楊子舍, 想見長卿廬。程卓累千金, 驕侈擬五侯。門有連騎客, 翠帶腰吳鉤。鼎食隨時進, 百和妙且殊。披林採秋橘, 臨江釣春魚。黑子過龍醢, 果饌踰蟹蝑。芳茶冠六淸, 溢味播九區。人生苟安樂, 茲土聊可娛

땅 속의 귀신마저 만전을 아끼지 않았고

좋은 음식[鼎食] 중에서도 (차는) 육청(六淸) 중에서도 으뜸이라.

수나라 문제의 아픈 머리를 치료함은 기이한 일로 전해지며

뇌소와 이향이 차례로 만들어졌네.

莞[22] 剡縣陳務妻 少與二子寡居 好飲茶茗 宅中有古塚 每飲輒先

祀[23]之 二子曰 古塚何知 徒勞人意 欲[24]掘去之 母禁而止 其夜夢

一人云 吾止此三百年餘 卿子常欲見毀 賴相保護 反享佳茗 雖潛壤

朽骨[25] 豈忘翳桑之報 及曉於庭中 獲錢十萬

張孟陽登樓詩 鼎食隨時進 百和妙且殊 芳茶冠六淸 溢味播九區

---

22 석경각 본엔 菀剡縣으로 수록되어 있다. 완(莞), 완(菀)은 오자이다.
원래 『이원(異苑)』이란 책을 언급한 것인데, 잘못 표기된 것이다. 유경
숙(劉敬叔)이 편찬한 『이원(異苑)』은 10권으로 구성되었다.

23 아모레퍼시픽 박물관본과 석경각본에는 祭之라 하였다. 뜻은 같다.

24 아모레퍼시픽 박물관본에는 慾이라 하였는데, 그 뜻은 같다.

25 아모레퍼시픽 박물관본과 석경각본에는 朽骨으로, 송광사본은 朽라
고 하였다. 석경각본을 따라 번역했다.

『이원(異苑)』에 섬현 사람 진무의 처가 젊어서 두 아들과 함께 홀로(과부) 살면서 차 마시기를 좋아했다. 집 안에 오래된 무덤이 있어서 차를 마실 적마다 무덤에 먼저 올렸더니 두 아들이 '옛 무덤이 무엇을 알겠습니까? 공연히 마음을 번거롭게 할뿐입니다'라 하고 무덤을 파버리려 하다가 어머니가 만류하여 그만 두었다. 그날 밤 (어머니의) 꿈에 어떤 사람이 나타나서 말하기를 '내가 여기에 있은 지도 삼백 년이 넘었다. 그대의 아들이 무덤을 허물려고 할 때마다 (그대의) 보호를 받았고 도리어 향기로운 차를 주었으니 설령 흙에 묻혀 뼈가 썩었을지언정 어찌 은혜를 잊을 수 있으리오'라 했다. 새벽에 뜰에서 십만 금을 얻었다.

장맹양의 시, 「등성도루(登成都樓)」에 '진수성찬이 수시로 나오니 모든 음식은 묘하고도 특별하여라. 향기로운 차는 육청(六淸) 중의 으뜸이라, 오묘한 맛, 세상에 퍼졌노라'고 했다.

隋文帝 微時 夢神易其腦骨 自而腦[26]痛 忽遇一僧云 山中茗草可治 帝服之有效 於是 天下始知飲茶

수나라 문제가 세자였을 때 귀신이 자신의 골수를 바꾸는 꿈을 꾸었는데, 이로부터 머리가 아팠다. 홀연히 어떤 스님을 만났는데, (스님이 말하기를) 산중의 차로 고칠 수 있다고 하였다. 문제가 (차를) 복용하여 효과가 있었다. 이에 천하가 처음으로 차 마시는 것을 알게 되었다.

唐覺林寺僧志崇 製茶三品 驚雷笑[27] 自奉 萱草帶供佛 紫茸香待客[28]

당나라 각림사 승려 지숭이 세 종류의 차를 만들었다. 경뇌소는 자신이 마시고 헌초대는 부처님께 올리고 자이향은 손님을 대접했다.

---

26 석경각본엔 自爾痛라 하였는데, 그 의미는 같다.

27 아모레퍼시픽 박물관본에는 驚笑라 하여 雷자가 결락되었다.

28 아모레퍼시픽 박물관본에는 待客云이라 하였다.

巨唐尙食羞百珍
거 당 상 식 수 백 진

沁園唯獨記紫英
심 원 유 독 기 자 영

法製頭綱從此盛
법 제 두 강 종 차 성

淸賢名士誇雋永
청 현 명 사 과 준 영

당나라에서는 여러 가지 진기한 음식을 숭상하였고

심원에는 오직 자영만을 기록하였네.

법제한 두강차는 이로부터 성해졌으니

어질고 청렴한 선비들 준영이라 뽐냈네.

唐德宗 每賜同昌公主饌 其茶有綠花紫英之號

당 덕종(742~805, 재위기간 780~805)이 매번 동창공주에게 선물을 내렸는데, 차는 녹화와 자영이 있었다.

茶經稱茶味雋永

『다경』에 차 맛을 준영이라 했다.

대용단차

綵莊龍鳳轉巧麗
채 장 용 봉 전 교 려

費盡萬金成百餅
비 진 만 금 성 백 병

誰知自饒眞色香
수 지 자 요 진 색 향

一經點染失眞性
일 경 점 염 실 진 성

장엄하게 장식한 용봉단차가 점차 화려해져서

만금을 써야 (차) 백 병을 만들었네.

풍부하고 순수한 색향을 누가 알리요.

한 번이라도 오염되면 (차의) 진성이 사라짐을.

大小龍鳳團 始於丁謂 成於蔡君謨 以香藥合而成餅 餅上飾以龍鳳紋 供御者以金莊成 東坡詩 紫金百餅費萬錢[29]

대용봉단과 소용봉단은 정위가 처음 만들기 시작하여 채군모가 완성했다. 향약을 섞어 차를 만들었으며 용과 봉황 문양으로 장식했고, 임금에게 올리는 차는 금으로 장식했다. 동파 시에 '자금 백병은 만전이 든다.'라고 하였다.

萬寶全書茶自有眞香眞色[30]眞味 一經點染[31] 便失其眞

『만보전서』[32]에는 '차는 진향과 진색과 진미가 있으니 한 번이라도 오염되면 바로 차의 진성을 잃는다.'고 했다

---

29 아모레퍼시픽 박물관본에는 金으로 수록되었는데, 석경각본을 따라 돈으로 번역한다. 원전 蘇軾의 「和蔣夔寄茶」의 내용은 다음과 같다.
我生百事常隨緣, 四方水陸無不便. 扁舟渡江適吳越, 三年飮食窮芳鮮. 金齏玉膾飯炊雪, 海螯江柱初脫泉. 臨風飽食甘寢罷, 一甌花乳浮輕圓. 自從舍舟入東武, 沃野便到桑麻川. 剪毛胡羊大如馬, 誰記鹿角腥盤筵. 廚中蒸粟埋飯甕, 大杓更取酸生涎. 柘羅銅碾棄不用, 脂麻白土須盆硏. 故人猶作舊眼看, 謂我好尙如當年. 沙溪北苑強分別, 水脚一線爭誰先. 淸詩兩幅寄千里, 紫金百餅費萬錢. 吟哦烹噍兩奇絶, 只恐偸乞煩封纏. 老妻稚子不知愛, 一半已入姜鹽煎. 人生所遇無不可, 南北嗜好知誰賢. 死生禍福久不擇, 更論甘苦爭蚩妍. 知君窮旅不自釋, 因詩寄謝聊相鐫.

道人雅欲全其嘉
도 인 아 욕 전 기 가

曾向蒙頂手栽那
증 향 몽 정 수 재 나

養得五斤獻君王
양 득 오 근 헌 군 왕

吉祥蕊與聖楊花
길 상 예 여 성 양 화

부(傅) 대사는 평소 좋은 차를 얻으려고

몽정산에 손수 (차를) 심었네.

다섯 근을 만들어 임금에게 올리니

길상예와 성양화라네.

---

30 석경각본에 眞色眞香이라 하였다.

31 석경각본에 一經他物點染이라 하였다.

32 명대 진계유(陳繼儒, 1558~1639)와 모환문(毛煥文)이 엮은 책인데, 원명
    은 『증보만보전서』이다. 일종의 백과사전류로, 조선 후기 『만보전서언
    해』 17책이 간행된 바 있다.

일지암

傅大士自住蒙頂　結庵種茶　凡三年得絕嘉者　號聖楊花　吉祥蕊
共五斤持歸供獻

부대사[33]가 몽정산에 머물며 암자를 짓고 차나무를 심었다. 대략 3년
만에 절품의 차를 얻었으니 성양화와 길상예라 하였다. 모두 5근을 가지
고 돌아와 임금에게 올렸다.

---

33 傅大士(497~569)는 무주에서 출생. 성은 부(傅)이며 이름은 흡(翕), 자
는 현풍(玄風)이다. 부대사 외에 쌍림대사(雙林大師), 동양거사(東陽居
士)라는 별호가 있다. 24세에 숭두타에게 출가하여 송산에 은둔하며
수행하였다. 쌍림수 아래에서 깨달음을 얻었으며, 거침없는 수행으로
출가자와 재가자들로부터 존경을 받았다. 특히 양 무제를 귀의시켜
중국 불교 발전에 기여하였다. 말년에는 종산 정림사에 머물렀다.

雪花雲腴爭芳烈
설 화 운 유 쟁 방 렬

雙井日注喧江浙
쌍 정 일 주 훤 강 절

建陽丹山碧水鄉
건 양 단 산 벽 수 향

品題特尊雲澗月
품 제 특 존 운 간 월

설화, 운유는 맑은 향기 다투고

쌍정, 일주는 강·절에서 떠들썩하네.

건양과 단산, 벽수 지방에서

차품 중에는 운간월만을 귀하게 여겼네.

東坡詩 雪花雨脚何足道[34] 山谷詩 我家江南採雲腴 東坡至僧院

---

34 동파의 「화전안도기혜건차(和錢安道寄惠建茶)」에는 雪花雨脚何足道
라 하였다. 이 시의 전문은 다음과 같다.

我官于南今幾年 嘗盡溪茶與山茗	胸中似記故人面 口不能言心自省
爲君細說我未暇 試評其略差可聽	建溪所産雖不同 一一天與君子性
森然加愛不可慢 骨淸肉膩和且正	雪花雨脚何足道 啜過始知眞味永
縱復苦硬終可錄 汲黯少戇寬饒猛	草茶無賴空有名 高者妖邪次頑懭
體輕雖復强浮泛 性滯偏工嘔酸冷	其間絶品豈不佳 張禹縱賢非骨鯁
葵花玉鞍不易致 道路幽嶮隔雲嶺	誰知使者來自西 開緘磊落收百餠
嗅香嚼味本非別 透紙自覺光炯炯	粃糠團鳳友小龍 奴隸日注臣雙井
收藏愛惜待佳客 不敢包裹鑽權倖	此詩有味君勿傳 空使時人怒生癭

僧梵英 葺治堂宇嚴潔 茗飮芳烈 問此新茶耶 英日 茶性新舊交則香
味復 草茶盛於兩浙[35]而兩浙之茶品 日注 爲第一 自景祐以來 洪州
雙井白芽漸盛 近世製作尤精 其品遠出日注之上 遂爲草茶第一

소동파 시에 '설화의 우각(흩어지는 茶花)을 어찌 다 말할까'라고 했고,
황산곡[36]의 시에 '강남에 나의 집, 운유를 따네'라고 하였다. 동파가 절에
이르니, 범영 스님이 집을 수리하고 정갈하게 차를 마시니 맑고 향기로웠
다. (내가) '이것은 새로 만든 차인가'라고 물었다. 범영이 말하기를 '차의
성질은 새것과 묵은 것을 섞으면 향과 맛이 다시 처음과 같아집니다'라고
하였다.

산차(散茶, 잎차)는 양절에서 성행하였고 양절의 차품 중에는 일주차가
으뜸이다. 경우[37] 이래로 홍주(강서 남창)의 쌍정차와 백아차가 점차 성행
했다. 근래에 만든 차는 (그 품질이) 더욱 정밀해지니 그 품질이 일주차보
다 뛰어나, 마침내 산차가 제일이 되었다.

---

35 절강성의 전당강(錢塘江)을 중심으로, 절동(浙東)과 절서(浙西)로 나눈다.

36 황정견(黃庭堅, 1045~1105)의 호이다. 자는 노직(魯直), 만년에 부옹(涪
翁)이란 호를 썼다. 홍주 분저현에서 출생, 북송 때 활약했던 저명한
시인으로, 강서시파의 초조(初祖)로 추앙받는다. 불교를 독실하게 믿
었고 또한 도교에도 관심을 가졌다. 여러 관직을 거쳐 지주(知州)에
올랐고, 신구(新舊) 당쟁에서 신당의 무고에 시달려 유배를 가기도 하
였다.

37 송나라 이종(1034~1038)의 연호.

遯齋閒覽[38] 建安茶爲天下第一 孫憔[39]送茶焦刑[40]部日 晚甘候

十五人 遣侍齋閣 此徒乘雷而摘 拜水而和 蓋建陽丹山碧水之鄉 月

澗雲龕之品 愼勿賤用

　『둔재한람』에 건안차가 세상에서 제일이라 하였다. 손초가 초형부에

차를 보내면서 말하기를 '만감후 15편을 시제각에 보냅니다. 이것은 양

기가 가득할 때 찻잎을 따서 갈아서 단차로 만든 것입니다'라 하였다. '대

개 건양과 단산, 벽수지방의 월간과 운합 차는 조심하여 함부로 쓰지 마

십시오.'라고 하였다.

　晚甘候 茶名

　만감후[41]는 차의 이름이다.

---

38 『둔재한람』이 『둔재문람(遯齋閒覽)』으로 오기되었다. 송 진정민(陳正
　　敏)의 저술로 일종의 시화선록(詩話選錄)이다. 그의 생몰연대는 미상
　　이나 둔옹(遯翁)이라는 자호를 썼다. 연평(延平) 사람으로, 저술로『둔
　　제한람(遯齋閒覽)』,『검계야어(劍溪野語))』가 있다.

39 손초(825~885)는 당대 인물이다. 초의가 인용한 글의 원제(原題)은「송
　　차여초형부서(送茶與焦刑部書)」, 혹 「송차여초형부서기(送茶與焦刑部書
　　記)」이다.

40 아모레퍼시픽 박물관본에는 丹으로 오기되었다.

41 만감후는 무이산 건양현에서 나는 명차이다.

茶山先生乞茶疏 朝華始起 浮雲皛皛於晴天 午睡初醒 明月離離於碧澗

다산 정약용의 「걸다소」[42]에 '차를 마시기에 좋은 때는 먼동이 트기 시작할 때, 비가 갠 맑은 하늘에 흰 구름이 또렷하게 빛날 때, 낮잠에서 깼을 때와 밝은 달이 고요한 시냇물에 비칠때이다'라고 하였다.

42 정약용의 「걸명소」는 1805년 만덕사 승려 아암 혜장에게 보낸 글이다. 차를 청하는 글을 보내면서 소(疏)라는 문체를 사용했다는 점이 눈에 띈다. 그런데 초의는 이 글을 「걸다소」라 하였다. 차와 명은 의미가 같아 차의 이명(異名)으로도 쓴다. 정약용의 「걸명소」 원문을 소개하면 다음과 같다.
旅人近作茶饕 書中妙辟 全通陸羽之三篇
兼充藥餌 病裡雄蠶 遂竭盧仝之七椀 雖浸精瘠氣 不忘棊毋煚之言 而消壅破瘢 終有李贊皇之癖
洎乎朝華始起 浮雲皛皛 於晴天 午睡初醒 明月離離 乎碧澗 細珠飛雪山燈 飄紫筍之香 活火新泉野席 薦白包之味
花瓷紅玉繁華 雖遜於潞公 石鼎青煙澹素 庶乏於韓子 蟹眼魚眼 昔人之玩好徒深 龍團鳳餅內府之 珍頒已罄
玆有采薪之疾 聊伸乞茗之情 竊聞苦海津梁 最重檀那之施 名山膏液潛輸瑞草之魁 宜念渴希 毋慳波惠.

東國所産元相同
동 국 소 산 원 상 동

色香氣味論一功
색 향 기 미 론 일 공

陸安之味蒙山藥
육 안 지 미 몽 산 약

古人高判兼兩宗
고 인 고 판 겸 양 종

조선에서 나는 차는 원래 중국차와 같아서

색·향·기운·맛이 한 가지라.

육안차의 맛과 몽산차의 약성을 갖췄으니

옛 사람의 높은 판단, (우리 차가) 맛과 약성을 다 갖췄다 하리라.

東茶記云 或疑東茶之效 不及越産 以余觀之 色香氣味少無差異

茶書云 陸安茶味以勝 蒙山茶以藥勝 東茶蓋兼之矣 若有李贊皇

陸子羽 其人必以余言 爲然也

「동다기」[43]에 이르기를, '어떤 사람은 우리나라 차의 효능이 중국에

서 나는 차에 미치지 못한다고 생각하지만 내가 생각하기엔 색·향·기

운·맛이 조금도 차이가 없다'고 하였다.

다서(茶書)에 이르기를 '육안차는 맛이 좋고, 약효가 뛰어나다고 하

니 우리 차는 두 가지를 겸했다. 만약 이찬황(787~850)[44]과 육우(陸羽,

733~804)가 있다면 그들은 반드시 내 말이 옳다고 하였으리라'고 하였다.

---

43 차계에서는 한때 「동다기」가 다산 정약용의 저술로 알려지기도 하였다. 그러나 2006년 정민 교수가 강진에서 이시헌(1803~1860)이 필사한 『강심(江心)』을 발굴하면서 이덕리(李德履, 1725~1797)가 진도 유배 시절 저술한 것으로 확인되었다. 『강심(江心)』에 수록된 「기다」의 일부 내용이 초의가 인용한 「동다기」의 내용과 같다. 그러므로 정민 교수는 「기다」를 「동다기」로 봐야 한다고 주장한 바 있다.

그러나 초의가 이 글을 인용하면서 「동다기」라 하였는데, 그 내용이 「기다」와 같다고 하여, 초의가 인용한 「동다기」와 같다고 보는 것은 객관적인 견해라 하기 어렵다. 그러므로 초의가 인용한 「동다기」는 누군가의 저술일 가능성을 배제해서는 안 된다. 후일 이와 관련된 자료들이 발굴되기를 기대한다.

44 이덕유(李德裕)이다. 그의 자는 문요(文饒), 어릴 때 자는 태랑(台郎)이다. 월군(越郡) 찬황(贊皇)사람이기에 지명을 따서 이찬황이라고도 불렀다. 당대 정치가이며 문학인으로, 군사 전략에도 뛰어났으며 차에도 밝았다. 근·현대 철학자 양계초는 중국 봉건시대의 6대 정치가로 관중, 상앙, 제갈양, 왕안석, 장거정 등과 그를 뽑았다.

還童振枯神驗速
환 동 진 고 신 험 속

八耋顔如天桃紅
팔 질 안 여 요 도 홍

我有乳泉把成秀碧百壽湯
아 유 유 천 파 성 수 벽 백 수 탕

何以持歸木覓山前獻海翁[45]
하 이 지 귀 목 멱 산 전 헌 해 옹

(차를 마시면) 늙음을 떨치고 아이로 돌아가는 신묘한 증험이 빠르니

팔십 노인의 얼굴빛이 붉은 복숭아꽃과 같음이라.

나에게 좋은 샘물이 있으니 수벽·백수탕을 만들어

어떻게 남산으로 가져가 해옹에게 올릴까.

---

45 금명본 『백열록』에는 海翁을 酉堂이라 하였다. 유당은 추사의 부친 김
노경을 말한다. 해옹은 바로 홍현주이다. 초의가 이 글을 쓴 것은 홍현
주의 요청 때문이니 해옹은 홍현주인 셈이다. 이는 금명의 오류다.

李白云 玉泉寺眞公年八十 顔色如桃李 此茗香淸異于他 所以能
還童振枯而令人長壽也

이백이 이르기를 '옥천사 진공은 팔십 나이에도 얼굴색이 복숭아 빛
이라. 이 차의 맑은 향기는 다른 차와 다르니 늙음을 떨치고 어린아이로
돌아가 사람을 오래 살 수 있게 하는 것이다'라고 하였다.

唐蘇廙 著十六湯品 第三曰 百壽湯 人過百息[46] 水踰十沸 或以
話阻 或以事廢 始[47]取用之 湯已失[48]性矣 敢問膰鬢[49]蒼顔之老夫
還可執弓挾矢以取中乎 還可雄闊步以邁遠乎 第八曰 秀碧湯 石
凝[50]天地秀氣而賦形者也 琢以爲器 秀猶在焉 其湯不良 未之有也

近 酉堂大爺 南過頭輪 一宿紫芋山房 嘗其泉曰 味勝酥酪

당나라 소이가 『십육탕품』을 지었는데, 그 세 번째를 백수탕이라 한

---

46 아모레퍼시픽 박물관본에는 忍자로 기록되었는데, 이는 오자이다.

47 석경각본에 如자로 되었지만 소이의 『十六湯品』에는 始라 하였다. 소
   이의 원문을 따라 번역한다.

48 금명본과 아모레퍼시픽 박물관본에는 生性이라 했다. 소이의 『十六湯
   品』에는 失性이라 하였다. 원본을 확인하여 바로잡는다.

49 석경본엔 髻이라 하였다. 소이의 『十六湯品』에는 鬢이라 하였다. 글자
   의 뜻은 같다.

50 唐 蘇廙의 「제십품 벽수탕」에는 石凝結天地秀氣라 하였다. 凝이나 凝
   結은 의미상 차이가 없다.

다. 물을 끓이는 사람이 그 순간을 놓치면 물이 순숙(純熟)을 넘는다. 어떤 사람은 말하다가 놓치고, 혹은 일을 하다가 그르치니 차를 다리는 탕수로는 이미 본성을 잃은 것이다. 감히 묻노니 머리 흰 창백한 노인이 다시 활과 화살을 잡고 과녁을 맞힐 수 있으며 씩씩한 걸음으로 멀리 갈 수 있겠는가. 그 여덟 번째를 수벽탕이라 한다. 돌에는 천지의 빼어난 기운이 모여 그 형체를 이룸이라. 깎아서 그릇을 만들어도 빼어난 기운이 그대로 남아있다. 그 탕수를 제대로 끓이지 않으면 (빼어난 기운이) 사라진다.

근래에 유당어른께서 남쪽 두륜산을 지나다가 일지암의 자우산방에서 하루를 묵으시며, 그 샘물을 맛보시고 물맛이 호락보다 좋다고 하셨다.

又有九難四香玄妙用
우유구난사향현묘용

何以敎汝玉浮臺上坐禪衆
하이교여옥부대상좌선중

九難不犯四香全
구난불범사향전

至味可獻九重供
지미가헌구중공

또 (차에는) 아홉 가지 어려움과 네 가지 향의 현묘한 이치가 있으니

어떻게 해야 옥부대에서 좌선하는 너희 무리를 가르치랴!

구난을 범하지 않아야 네 가지 향이 온전하게 드러나리니

지극히 훌륭한 차를 궁중에 올릴 수 있으리라.

茶經云茶有九難 一曰造 二曰別 三曰器 四曰火 五曰水 六曰炙 七曰末 八曰煮 九曰飮 陰採夜焙非造也 嚼味嗅香則非別也 羶鼎腥甌非器也 膏薪庖炭非火也 飛湍壅潦非水也 外熟內生非炙也 碧紛飄塵非末也 操艱攪遽非煮也 夏興冬廢 非飮也

萬寶全書茶有眞香有蘭香有淸香有純香 表裏如一曰純香 不生不熟曰淸香 火候均停曰蘭香 雨前神具曰眞香 此謂四香

智異山花開洞 茶樹羅生四五十里 東國茶田之廣 料無過此者 洞有玉浮坮 坮下有七佛禪院 坐禪者 常晚取老葉 晒乾然柴 煮鼎如烹

지리산 화개동 차밭

菜羹 濃濁色赤 味甚苦澁 政所云⁵¹ 天下好茶 多爲俗手所壞

『다경』에 이르기를 '차에는 아홉 가지의 어려움이 있으니 첫째는 (차를) 만드는 것이요, 둘째는 구별하는 것이요, 셋째는 그릇이요, 넷째는 불이요, 다섯째는 물이요, 여섯째는 굽는 것이요, 일곱째는 가루를 만드는 것이요, 여덟째는 끓이는 것이요, 아홉째는 마시는 것이라. 구름이 긴 날 차를 따거나 밤에 만드는 것은 차를 만드는 것이 아니요, 쩝쩝거리며 맛보거나 킁킁거리며 향기를 맡는 것은 구별하는 것이 아니요, 누린내 나는 솥과 비린내 나는 잔은 그릇이 아니요, 냄새 나는 나무와 부엌에서 쓰던 숯은 불이 아니요, 여울물과 웅덩이 물은 찻물이 아니요, 겉만 익고 속이 설익은 것은 구운 것이 아니요, 푸르고 거친 가루는 차가루가 아니요, 거칠게 젓거나 갑자기 휘젓는 것은 차를 달이는 것이 아니요, 여름에만 마시고 겨울에 그만두는 것은 차를 마시는 것이 아니다'라고 하였다.

『만보전서』에 '차에는 진향, 난향, 청향과 순향이 있다. 겉과 속이 같은 것을 순향이라 하고, 설익거나 너무 익지 않은 것이 청향이요, 불기운이 고른 것이 난향이요, 곡우 전 신묘한 기운을 갖춘 것이 진향이라. 이것을 네 가지 향이다'라고 하느니라.

---

51 政은 正과 통용되니 正所云이라는 뜻이다. 正所云은 초의스님이 평소에 늘 말해왔던 것처럼 차의 바른 원리란 (차에 구난이 있어서) 엄격한 법도에 따라야 좋은 차를 만들 수 있다는 것이다.

지리산 화개동에는 차나무가 사오십리 퍼져 있는데, 우리나라 차밭으로는 이보다 더 넓은 것은 없다. 화개동에는 옥부대가 있고 옥부대 아래에 칠불선원이 있다. 수행하는 사람들이 항상 늦게 큰 잎을 따서 햇볕에 말려, 삭정이[말라죽은 가지] 나무로 불을 때서 나물죽처럼 끓이는데, 차는 농탁하고 색이 붉으며 맛이 매우 쓰고 떫다. 다시 정확하게 말한다면. 천하의 좋은 차를 미숙한 솜씨로 훼손시키는 것이 흔하다고 할 수 있다.

찻잎

翠濤綠香纔入朝
취 도 녹 향 재 입 조

聰明四達無滯壅
총 명 사 달 무 체 옹

矧爾靈根托神山
신 이 령 근 탁 신 산

仙風玉骨自另種
선 풍 옥 골 자 령 종

좋은 차가 조금 몸에 들어가자

귀와 눈으로부터 온몸으로 퍼져 막히고 답답함이 사라지네.

더구나 너의 신령한 뿌리는 신선산에 의탁했으니

신선처럼 맑은 차는 그 품격이 다름이라.

入朝 于心君

입조는 마음에 들어감이다.

茶序曰 甌泛翠濤 展飛綠屑 又云茶以靑翠爲勝 濤以藍白爲佳
黃黑紅昏 俱不入品 雲濤爲上 翠濤爲中 黃濤爲下

陳糜公詩 綺陰攢盖 靈草試旂 竹爐幽討 松火怒飛 水交以淡 茗
戰以肥 綠香滿路 永日忘歸

다서에 이르기를 '찻잔에는 푸른 거품 떠 있고, 연을 돌리니 푸른 가루
날리네'라고 하였다. 또 이르기를 '차는 청취한 것이 가장 좋고 차색은 남
백색이 아름답다. 누렇거나 검거나 붉고 탁한 것은 모두 가품에 들지 못
한다. 투명하고 맑은 차 빛이 가장 좋고 푸른빛이 그 다음이요, 누런빛은
하품이다'라고 하였다.

진미공의 시에 '얼룩거리는 그늘 아래, 싹들이 다투어 피어나고, 죽로
엔 솔바람 소리 내며 물이 끓는다. 물과 차가 섞여 고요해지니 서로 어우
러져 맛을 내누나. 차 향기 사방에 가득하여, 오래도록 돌아가는 걸 잊었
노라'고 하였다.

智異山世稱方丈

지리산은 세상에서 방장산이라고도 부른다.

綠芽紫筍穿雲根
녹 아 자 순 천 운 근

胡靴犎臆皺水紋
호 화 봉 억 추 수 문

吸盡瀼瀼清夜露
흡 진 양 양 청 야 로

三昧手中上奇芬
삼 매 수 중 상 기 분

푸르거나 붉은 (차)싹이 바위를 뚫고 나오니

호족의 가죽신이나 물소의 가슴처럼 주름진 물결무늬라

맑은 밤하늘, 촉촉히 내린 이슬을 머금은 찻잎,

삼매의 솜씨, 기이한 향이 피어나네.

    茶經云 生爛石者爲上 礫壤者次之 又曰谷中者爲上 花開洞茶田
皆谷中兼爛石矣

    茶書又言 茶紫者爲上 皮者[52] 次之 綠者次之 如筍者爲上 似芽
者次之 其狀如胡人靴者蹙縮然 如犎牛臆者廉沾然 如輕飆拂衣者
涵澹然 此皆茶之精腴也

---

52 아모레퍼시픽 박물관본과 석경각본엔 皺라 하였다. 추는 '주름지다'
    라는 뜻으로, 표피가 쭈글쭈글한 것을 말한다. 금명본에는 皮라 하였
    다. 피는 가죽을 말하니 의미상 다른 것은 아니다.

『다경』에서 '난석에서 나는 것이 가장 좋고 자갈과 흙이 섞인 곳에서 나는 것이 그 다음'이라고 하였다. 또 '골짜기에서 나는 것이 가장 좋다'고 하였다. 화개동의 차밭은 모두 골짜기와 난석이 있는 곳이다.

다서에서 또 말하기를 '찻잎은 붉은 것이 가장 좋고, 쭈글쭈글한 것이 그 다음이며, 녹색이 그 다음이다. 죽순처럼 생긴 것이 가장 좋고, 뾰족한 것이 그 다음이다. 그 모양은 호인의 가죽신처럼 쭈글쭈글하며 물소의 가슴처럼 촉촉한 듯하며 가벼운 바람이 옷깃을 스치는 것처럼 함초롬하니, 이것이 모두 가장 좋은 찻잎이다'라고 하였다.

茶書云 採茶之候貴及時 太早則香[53]不全 遲則神散 以穀雨前五日爲上 後五日次之 後五日又次之 然 驗之東茶 穀雨前後太早 當以立夏後爲及其時也 其採法 徹夜無雲浥露 採者爲上 日中採者次之 陰雨下不宜採

老坡[54] 送謙師詩 道人曉出南屛山 來試點茶三昧手[55]

다서에 이르기를 '차를 따는 시기는 때를 맞추는 것이 가장 중요하다.

---

53 아모레퍼시픽 박물관본에는 茶라 하였다.

54 老坡는 소식(蘇軾)의 호다.

55 소식의 「送南屛謙師」의 원문은 "道人曉出南屛山 來試點茶三昧手 勿驚午盞兎毛斑 打出春甕鵝兒酒 "이다.

너무 이르면 진향이 피지 않고 늦으면 차의 기미가 흩어진다. 곡우(양력 4월 20일) 전 5일에 따는 것이 가장 좋고, 그 후 5일 뒤에 따는 것은 그 다음이고, 또 5일 뒤에 따는 것은 하품이다'라고 하였다. 그러나 내가 경험해보니 우리나라 차는 곡우 전후는 너무 이르고, 입하(양력 5월 5일) 이후에 따는 것이 마땅하다. 채다법(採茶法)은 밤새 구름이 없는 날에 촉촉히 이슬을 머금은 것을 따는 것이 가장 으뜸이고, 한낮에 따는 것은 그 다음이다. 비가 내릴 때는 따지 않는 것이 좋다.

소동파가 겸 스님에게 보낸 시에 '이른 새벽 남병산에서 내려온 도인, 삼매의 솜씨로 차를 달이네'라고 하였다.

中有玄微妙難顯
중 유 현 미 묘 난 현

眞精莫敎體神分
진 정 막 교 체 신 분

體神雖全猶恐過
체 신 수 전 유 공 과

中正不過健靈倂
중 정 불 과 건 령 병

그 중에 현미하고 오묘한 이치를 드러내기 어려우니

(차의) 진수를 체[물]와 신[차]으로 나누지 마라.

물과 차가 비록 온전하더라도 오히려 지나칠까 두려우니

중정을 넘지 않아야 (차의) 진수가 다 드러나느니라.

　　造茶篇云 新採揀去老葉 熱鍋焙之 候鍋極熱 始下茶急炒 火不

可緩 待熟方退 徹入筬中 輕團枷數遍 復下鍋中 漸漸減火 焙乾爲

度 中有玄微 難以言顯

　　品泉云 茶者水之神 水者茶之體 非眞水 莫顯其神 非眞茶 莫窺

其體

　「조다편」에 이르기를 '새로 딴 차 잎에서 묵은 잎을 가려서 뜨거운 솥

에서 덖어낸다. 솥이 뜨거워지기를 기다렸다가 찻잎을 넣고 급히 덖어내

는데 이때에 불을 약하게 하면 안 된다. 다 덖어진 차를 꺼내 대자리에

놓고 여러 번 가볍게 둥글리듯이 비벼 털어서, 다시 솥에 넣고 불을 점점 줄이면서 덖어 낸다. 덖고 말리는 것에는 법도가 있다. 차를 만드는 데에는 묘하고도 은미함이 있으니 말로 드러내기 어렵다'고 하였다.

「품천」에 이르기를 '차는 물의 신(神)이요, 물은 차의 체(體)라. 좋은 물이 아니면 그 신묘함이 드러나지 않고, 좋은 차가 아니면 그 근본을 엿볼 수 없다'고 하였다.

泡法云 探湯純熟便取起 先注壺中 小許盪祛冷氣 傾出然後 投茶葉 多寡宜酌 不可過中失正 茶重則味苦香沈 水勝則味寡色淸 兩壺後 又冷水蕩滌 便⁵⁶壺 涼潔 否則減茶香 盖罐熱則茶神不健 壺淸則水性當靈 稍後⁵⁷茶水沖和然後 冷布釃飮 釃不宜早 早則茶神不發 飮不宜遲 遲則妙馥先消

評曰 採盡其妙 造盡其精 水得其眞 泡得其中 體與神相和 健與靈相倂 至此茶道盡

「포법」에 이르기를 '물이 순숙이 될 때를 살펴 바로 들어낸다. 먼저 다호에 끓은 물을 조금 부어 냉기를 없앤 후 따라버린다. 그 다음, 차를 넣고 끓은 물을 적당히 붓는데, 중정을 넘거나 잃지 않아야 한다. 차가 많으

---

56 아모레퍼시픽 박물관본에는 使라 하였다.

57 석경각본엔 稍候라 하였다.

면 맛이 쓰고 향이 가라앉으며, 물이 많으면 차 맛이 드러나지 않고 색이 옅어진다. 다호를 쓰고 난 후에는 깨끗한 물로 씻어낸다. 다호는 청결히 해야 하며 그렇지 않으면 차향이 감소된다. 대개 다관이 너무 뜨거우면 차의 색향미가 온전하지 않고, 다호가 청결해야 수성이 드러난다. 차와 물이 어우러지기를 얼마간 기다린 후에 베에 걸러서 마신다. 차를 너무 일찍 따르지 않아야 한다. 일찍 따르면 다신이 드러나지 않는다. 차를 굼 뜨게 마시지 말아야 하니, 차가 식으면 묘한 향기가 먼저 사라진다'고 하였다.

평하기를 '차를 따는 것은 그 오묘함을 다 해야 하고, 만드는 것은 그 정밀함을 지극히 해야 한다네. 물은 진수를 얻어야 하며, 포법은 그 중도를 얻어야 체와 신이 서로 어우러져서 건령이 드러난다네. 이에 이르러야 온전한 다도라네'라고 하였다.

一傾玉花風生腋
일 경 옥 화 풍 생 액

身輕已涉上淸境
신 경 이 섭 상 청 경

明月爲燭兼爲友
명 월 위 촉 겸 위 우

白雲鋪席因作屛
백 운 포 석 인 작 병

옥화를 마시고 나니 겨드랑이에서 바람이 스멀스멀 일어나고

몸이 가벼워져 이미 신선의 경계를 건넘이라.

밝은 달은 등불이요 아울러 벗으로 삼고

흰 구름은 자리와 병풍으로 삼았네.

陳簡齋茶詩 嘗此玉花句 盧玉川茶歌 惟覺兩腋習習生淸風

진간제[58]가 쓴 시에 '일찍이 이 옥화를 맛보았다'는 구절이 있고, 노옥천[59]이 차를 노래한 시에는 '양 겨드랑이에서 솔솔 맑은 바람이 일어나는 것을 느낀다'고 하였다.

---

58 진여의(陳與義, 1090~1138)의 호이다. 그의 자는 거비(去非), 낙양 사람이다. 1113년 갑과 진사에 올랐고, 1122년 태학 박사에 발탁된 후 여러 관직을 거쳤다. 시인이며 정치인으로, 차에 밝았던 인물이다. 저술로는 『간재집』을 남겼다.

59 노동(795~835)의 호는 옥천자(玉川子), 하남 제원 사람이다. 일찍부터 숭산 소실산에 은둔, 관직에 나가지 않았다. 시를 잘 지었고, 차를 좋아했다. 속칭 「칠완다가」를 지어 후대에게 영향을 미쳤다. 『고문진보』에는 「다가」로 소개되었는데, 그 원제는 「주필사맹간의기신차(走筆謝孟諫議寄新茶)」이다.

竹籟松濤俱簫涼
주 뢰 송 도 구 소 량
清寒瑩骨心肝惺
청 한 영 골 심 간 성
惟許白雲明月爲二客
유 허 백 운 명 월 위 이 객
道人座上此爲勝
도 인 좌 상 차 위 승

화로에 물 끓는 소리 잦아드니

맑고 가뿐한 몸, 정신마저 또렷하여라

오직 백운과 명월 두 객만을 허락하니

도인의 자리, 이것이 가장 좋음이라.

飮茶之法 客衆則喧 喧則雅趣索然 獨啜曰神 二客曰勝 三四曰
趣 五六曰泛 七八曰施也

차를 마시는 법은 사람이 많으면 어수선하고, 어수선하면 아담한 정
취가 사라진다. 혼자 마시면 신묘한 경계에 들고, 둘이 마시면 좋고, 세
넷이 마시면 정취가 있고, 대여섯이 마시면 들뜨게 되고, 예닐곱이 마시
면 그저 마실 뿐이다.

東茶頌承海道人命作

艸衣沙門

后皇嘉樹配橘德受命

生南國蜜葉鬪霜貞冬

제 Ⅲ 장

초의차의 예찬

---

1. 금령 박영보의 「남다병서」 저술 배경

2. 「南茶并序」 원문 및 번역문

3. 자하 신위의 「남다시병서」 저술 배경

4. 「南茶詩并序」 원문 및 번역문

금령 박영보의 「남다병서」 저술 배경

1) 금령의 생애

박영보(朴永輔, 1808~1872)는 시문에 능했던 인물로, 신위에게 학문적인 영향을 받았다. 동지사로 청을 방문하여 선진화된 문물을 경험하였다. 그는 파행적인 세도 정국과 근대화 과정의 격랑 속에서 국가의 안위를 고민한 유학자로, 차를 좋아하였다. 본관은 고령이며 성백(星伯)은 자(字)이며 금령(錦舲)이라는 별자(別字)를 썼다. 호(號)는 열수(洌水)이다.

1844년 증광문과에 병과로 급제한 그는 1846년 평안도 충북 암행어사가 되었다. 1861년에는 부호군(副護軍)

을 지냈으며, 1862년 동지사 부사로 청나라에 다녀왔고, 공조판서를 거쳐 형조판서를 역임하였다. 그의 저술로는 『옥당강의(玉堂講義)』, 『아경당집(雅經堂集)』, 『연총록(衍聰錄)』등 다수의 미정고(未定稿) 문집이 있다.

2) 저술 배경

그의 「남다병서」는 한국 차의 연원뿐 아니라 차의 덕성을 칭송하였으며 민멸되어가는 조선 후기 우리의 차 문화를 중흥한 초의의 역할을 장시(長詩)로 남겼다. 그는 1830년 11월 15일, 서령(西泠)의 강의루(江意樓)에서 이 시를 지어 초의에게 교유의 증표로 보냈다.

그가 차를 접한 것은 신위의 영향이 컸던 것이라 짐작된다. 이는 그가 신위의 뛰어난 제자였고, 신위 또한 차를 좋아했던 인물이란 점이다. 또한 초의와의 교유도 신위를 통해서이기 때문이다. 대략 1830년경부터 초의와의 교유가 시작되었을 것이라 추정되지만 정착 초의

차는 이산중에게 얻어 스승 신위와 함께 마시고 이 시를 지었다.

그의 시는 조선 후기 차 문화의 실상이나 초의가 차 문화 중흥에 미친 공덕을 칭송했으며, 그 자신 또한 다벽(茶癖)이 될 정도로 차를 즐긴다는 사실도 밝혔다. 그러므로 조선 후기 경화사족들의 차에 대한 관심과 애호가 초의로부터 촉발되었음을 밝힐 수 있는 자료라는 점에서 주목할만 하다. 특히 초의차의 명성을 알았던 박영보와 신위가 이를 마신 후, 초의차의 격조를 노래했고, 신위와 박영보는 스승과 제자였다. 그들이 동시대에 초의차를 마신 후, 이를 칭송하는 화답시를 남겼던 것인데, 이는 중국이나 일본의 차사(茶史)에서도 보기 드문 일이다.

2

「南茶并序」 원문 및 번역문

南茶湖嶺間産也 草衣雲遊其地
남 다 호 령 간 산 야　 초 의 운 유 기 지

茶山承旨及秋史閣學 皆得以文字交焉
다 산 승 지 급 추 사 각 학　 개 득 이 문 자 교 언

庚寅(1830)冬來訪于京師 以手製茶一包爲贄
경 인　　　동 래 방 우 경 사　 이 수 제 차 일 포 위 지

李山中得之 轉遺及我 茶之閱人
이 산 중 득 지　 전 유 급 아　 차 지 열 인

如金縷玉帶 亦已多矣 清座一啜
여 금 루 옥 대　 역 이 다 의　 청 좌 일 철

作長句二十韻 以寄禪師 慧眼正之
작 장 구 이 십 운　 이 기 선 사　 혜 안 정 지

兼求郢和
겸 구 영 화

南茶　金[?]

南茶湖嶺間產也華
永禪師甲遊見此茶
山水苦及秋又閲嶺
啓得以天空交為康寶
冬末訪于燕師以字餉
余一包蒼皺李山中
得之絶逸及我茶之
聞人如含襪金帶亦
之多美清厚一啜作
長句二十韻以寄
禪師慧眼正之覓永

　　　　　　郭和

古宿飲茶而登仙不省少失
為清賢優开日注世已遠兩
前紅設石今傳花宛綠甌
煎東國產茶三更好於此芽
錦珍賞真味中華之經
出祕芳妍早或西周晚今
代中外區別太相懸凡花
庸草未有譜上人請藏茶
之先鷄林闌忍入唇日[?]渡
殘限[?]里船康南之地卽
湖建[?]為[?]海南是最巳一[?]禮

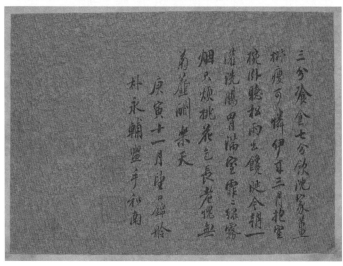

박영보가 지은 「남다병서」

古有飮茶而登仙　下者不失爲淸賢
고 유 음 다 이 등 선　하 자 부 실 위 청 현

雙井日注世已遠　雨前紅穀名今傳
쌍 정 일 주 세 이 원　우 전 홍 곡 명 금 전

花瓷綠甌浪珍賞　眞味中華已經煎
화 자 녹 구 랑 진 상　진 미 중 화 이 경 전

東國産茶茶更好　名如芽出初芳姸
동 국 산 차 차 갱 호　명 여 아 출 초 방 연

早或西周晩今代　中外雖別太相懸
조 혹 서 주 만 금 대　중 외 수 별 태 상 현

凡花庸草各有譜　土人誰識茶之先
범 화 용 초 각 유 보　토 인 수 식 차 지 선

鷄林商客入唐日　携渡滄波萬里船
계 림 상 객 입 당 일　휴 도 창 파 만 리 선

康南之地卽湖建　一去投種遂如捐
강 남 지 지 즉 호 건　일 거 투 종 수 여 연

南方海山間 多有之 康津海南其最也
남 방 해 산 간 다 유 지 강 진 해 남 기 최 야

春花秋葉等閒度　空閱靑山一千年
춘 화 추 엽 등 한 도　공 열 청 산 일 천 년

奇香鬱沈久而顯　採春筐筥來夤緣
기 향 울 침 구 이 현　채 춘 광 거 래 인 연

天上月搨小龍鳳　法樣雖麤味則然
천 상 월 탑 소 용 봉　법 양 수 추 미 즉 연

草衣老師古淨業　濃茗洗積參眞禪
초 의 노 사 고 정 업　농 명 세 적 참 진 선

餘事翰墨倒寥辨 一時名士瓣香處
여 사 한 묵 도 요 변　일 시 명 사 판 향 처

雪飄袈裟度千里 頭綱美製玉團圜
설 표 가 사 도 천 리　두 강 미 제 옥 단 환

故人贈我伴瓊玖 撒手的皪光走筵
고 인 증 아 반 경 구　살 수 적 력 광 주 연

我生茶癖卽水厄 年深浹骨冷淸堅
아 생 다 벽 즉 수 액　연 심 협 골 랭 청 견

三分湌食七分飮 沈家薑椒瘦可憐
삼 분 손 식 칠 분 음　침 가 강 초 수 가 련

伊來三月抱空椀 臥聽松雨出饞涎
이 래 삼 월 포 공 완　와 청 송 우 출 참 연

今朝一灌洗腸胃 滿室霏霏綠霧烟
금 조 일 관 세 장 위　만 실 비 비 록 무 연

只煩桃花乞長老 愧無菊虀酬樂天
지 번 도 화 걸 장 로　괴 무 국 제 수 락 천

庚寅 十一月 望日 錦舲 朴永輔 盥水和南
경 인　십 일 월　망 일　금 령　박 영 보　관 수 화 남

남다(南茶)는 영남과 호남 사이에서 생산된다. 초의가 그곳에 사
는데, 정약용 승지와 김정희 교각이 모두 문자로써 교유하였다. 경인
년(1830) 겨울 한양에 갈 때 예물로 가져온 손수 만든 차 한 포를 이산

중이 얻었는데, 그 차가 여기저기 거쳐 나에게까지 오게 되었다. 차가 여러 사람을 거치면서 마치 금루옥대처럼 귀하게 여긴 지도 이미 오래되었다. 자리를 깨끗이 하고 앉아 마시며, 장시 20운을 지어 초의 선사에게 보내니 혜안으로 정정하시고 아울러 화운을 보내 주시길 바랍니다.

옛적에 차를 마시면 신선이 되었고

하품의 사람도 청현한 사람됨을 잃지 않았네.

쌍정과 일주 차, 세상에 나온 지 이미 오래라

우전과 홍곡은 지금도 전해지네.

아름다운 찻그릇에 명차를 감상하니,

중국 차의 진미는 이미 경험했다네.

조선에서 나는 차, 도리어 더 좋아서

처음 돋은 차 싹은 여리고 향기롭네.

(음다가) 빠르기는 혹 서주 때부터요, 늦게는 지금이라

중국 밖은 비록 다르지만, 너무 서로 통한다네.

모든 꽃과 풀은 각기 족보가 있는데

사람 중에 누가 먼저 차를 알았을까.

계림의 상인이 당에 들어갔을 때,

만 리 길, 푸른 물결을 건너 배를 타고 (차 씨를) 들여왔네.

강진 해남 땅은 호주나 건주지방 같아라.

[남쪽 바다와 산 사이에 흔히 (차가) 있는데 강진과 해남이 최고이다.]

한번 파종하여 버려두곤

꽃 피고 잎 지는 세월 하릴없이 지나

공연히 홀로 청산에서 지내다가

기이한 향기 오래도록 막혔다가 드러났네.

봄에 딴 찻잎, 대광주리에 가득하고

하늘에 뜬 달처럼 둥근 소용단은

법제한 모양은 거칠더라도 맛은 좋구나.

초의 노사는 옛날부터 염불에 힘써서

농차(濃茶)로 적체를 씻고 진선을 참구하시네.

여가에 글 쓰는 일로 깊은 시름 밝히시니

당시의 명사들이 존경하며 따르네.

눈보라 치는 천 리 길을 건너온 초의여

두강 같은 둥근 차 가지고 오셨구려.

오랜 친구, 나의 짝인 단차를 보내니

그냥 둬도 선명한 광채, 자리를 빛낸다네.

나에게 수액인 차 마시는 버릇이 생겼으니

나이는 들었어도 몸은 견고하네.

십분의 삼은 밥을 먹고 칠은 차를 마시니

집에서 담근 강초처럼 비쩍 말라 가련하다.

이제껏 석 달씩이나 빈 잔을 잡고 있으니

물 끓는 소리만 들어도 군침이 도누나.

오늘 아침, 차 한잔에 몸과 마음 깨끗하고

방 안 가득 차 향기가 자욱하게 피어나네.

도화동 신선에게 오래 살기 비는 건 번거롭지만

차 없어 백낙천과 함께 시 짓지 못함이 부끄럽다네.

경인(1830) 11월 15일 금령 박영보 관수화남

3

자하 신위의 「남다시병서」 저술 배경

　신위(申緯, 1769~1845)는 시·서·화 삼절(三絶)이라고
불릴 만큼 탁월한 문재(文才)를 지녔던 조선 후기 대표
적인 지식인이다. 소금관(苕錦館)에 머물던 박영보의
「남다병서」에 화운하여 「남다시병서」를 지었다. 1830년
경 신위가 각기병 치료를 위해 용경의 별장에 머물렀을
때 「남다시병서」를 지었는데 이런 사실은 이 시의 서문
에서 확인된다. 「남다시병서」는 칠언 장시로 총 40구로
이루어졌는데, 이는 박영보의 다시의 체제를 따라 지은
화답시이다. 특히 이 다시에는 인용했던 고사의 원전을
기록해두었는데 이는 그가 이 시를 지을 때 참고한 문
헌을 밝힌 것이다. 이 다시는 그의 친필 자료로, 초고라

紫霞陵老雄爲

禮甫詞兄寫

신위가 그린 대나무

생각된다.[1]

신위의 「남다시병서(南茶詩并序)」는 우리 차의 연원과 초의가 오백년 만에 차를 다시 복원했다는 사실을 밝혀 주는 자료이고 우리 차의 우수성을 칭송한 장시라는 점에서 중요한 의의를 지닌다. 그뿐만 아니라 이 다시는 그의 문집에도 수록되지 않은 자료이다.[2] 이 다시는 사료의 희소성이라는 측면이나 초의가 차 문화를 중흥할 수 있게 한 후원 세력을 밝힐 자료라는 점에서 매우 중요한 자료라 하겠다.

1) 생애

신위는 영조 45년(1769) 8월 11일 장흥방에서 태어났다. 초명은 휘(徽)이고 자는 한수이다. 나중에 이름을 위

---

1   申緯, 「南茶詩并序」 친필본(박동춘 소장).

2   박동춘, 「초의선사의 차문화관 연구」(동국대학교 대학원 박사학위논문, 2010). 이 논문을 통해 처음으로 학계에 소개되었다.

(緯)로 고치면서 자를 유경(幼經)이라 하였지만 대개는 한수라는 자를 흔히 사용하였다. 자하(紫霞)라는 호 이외에도 서하(棲霞), 홍전(紅田), 문의당(文漪堂), 경수당(警修堂), 벽로방(碧蘆房) 양연산방(養硯山房) 등을 썼다. 그의 아버지는 대승(1731~1795)으로 자(字)는 여월(如月)이다. 정조 23년(1799)에 문과에 급제, 순조 4년(1804)에 도당회권(都堂會圈)에 합격하였다. 그는 순조 12년(1812) 7월에 주청사 서장관으로 진주겸주청정사인 이시수(李時秀)와 부사 김선(金銑)을 수행하고 연경에 도착하여 당대 고증학계의 태두인 옹방강(翁方綱)을 만났는데 이는 김정희[3]의 적극적인 추천에 의한 것이라 여겨진다. 이러한 사실은 김정희의 「송자하입연병서(送紫霞入燕幷序)」에서 확인할 수 있다.

자하 선배도 만 리 길을 건너 중국에 들어간다고 하니 진기한 경치와 위엄이 있는 광경을 보겠지만 저는 수많

---

3   金正喜가 연경에 간 것은 1809년, 그의 나이 24세 때이다. 그는 연경에서 고증학의 대가인 翁方綱과 완원을 만나 새로운 학문세계에 대해 안목을 넓히게 된다.

은 경관을 본다고 하더라도 한번 소재노인(옹방강)을 보는 것만 못하다고 여깁니다.[4]

앞의 글에서 언급한 바와 같이 김정희는 신위가 소재[5]를 만나는 것이 무엇보다 중요하다고 하였다.

그렇다면 김정희가 말한 옹방강은 어떤 인물인가. 바로 청대 금석학의 태두로, 시와 서에 일가를 이뤘던 인물로, 그의 학예관은 조선 후기 북학파 인물들에게 많은 영향을 주었다. 그러므로 일찍이 연경을 방문했던 강세황에게 영향을 받았던 신위는 옹방강의 묵적(墨籍)을 얻어 일람함으로써 옹방강의 학풍을 흠모했을 것이다. 이러한 사실은 그가 옹방강을 만난 후 귀국하여 자신이 썼던 글을 모두 태워버렸다는 일화가 전해지지만 이는 1786년에 분고(焚稿)했던 사실이 와전된 것이다.[6]

한편 그는 연경에서 돌아와 병조참지에 올랐다가, 다

---

4 金正喜, 『阮堂先生全集』상(민족문화추진회 편, 1989), p.329. "紫霞前輩涉萬里 入中國瑰景偉觀 吾不如其千萬億 而不如見一蘇齋老人也."

5 蘇齋는 翁方綱의 호이다.

6 이현일, 「자하 신위의 문예관과 자하가 교유한 우리 화가들」, 국립중앙박물관 세미나자료집, 2019년 12월 18일, p.18.

시 순조 22년(1822)에 병조참판이 되었으며 순조 28년 (1828)에는 강화유수가 되었다. 1830년 강화유수로 재임하던 그는 남산에 마련한 벽로방(碧蘆舫)으로 돌아왔다. 그는 김노경과 함께 효명세자를 보필하던 핵심 중 한 사람이었기에 정치적으로 몰리는 신세가 되었다.[7]

특히 1830년경 외척 세력이 정권을 장악하게 되면서 이들에게 미움을 받게 된 그는 강화유수를 사직하였는데, 윤상도의 탄핵으로 많은 어려움을 겪던 상황에서 김조순의 도움으로 겨우 위기를 모면하기도 하였다. 이미 정치적인 대세를 짐작한 그는 신변에 위협을 느끼고 시흥의 자하산방에서 은거하였다. 순조 31년(1831)에는 형조참판에 임명되었으나 이미 정계에 나갈 의사가 없었던 그는 각기병을 핑계로 벼슬에 나아가지 않았다.

1827년 부인이 세상을 떠나자 인생무상을 느꼈던 그

---

7   신위의 분고 사실은 이현일이 2019년 12월 18일, 국립중앙박물관에서 주관한 세미나에서 발표한 「자하 신위의 문예관과 자하가 교유한 우리 화가들」에서 상세히 밝히고 있다. 그의 주장으로는 "그가 초년에 월망 문하에서 동문의 선후배들과 함께 공부하면서 자신의 시 세계를 모색하는 과정에서 있었던 일이 와전된 것이다"라고 하였다. 그러면서 신위의 『분여록(焚餘錄)』의 의미를 "시고를 불태운 뒤에 그 이후 지은 시를 모은 시집"이라 해석하였다.

는 불교에 관심을 두게 되었는데 이는 잦은 병마에 고통을 받았던 것도 영향을 주었다. 박영보가 「남다병서」를 지었던 1830년경에 신위는 각기병이 악화하여 용경(蓉涇)에 2년 정도 머물며 요양했고, 산인(山人) 청당(青棠)의 연훈법(煙薰法)으로 각기병을 치료한 후 자하산방(紫霞山房)으로 돌아왔다.[8] 한편 그가 1830년 남산 기슭에 마련한 벽로방(碧蘆舫)이 있었으며 양연산방(養硯山房)을 새로 지었는데 이 산방의 편액은 효명세자가 써준 것이다. 그곳에는 다구(茶甌), 약로(藥爐), 금낭(琴囊), 기염(棋奩) 등이 있었다[9]는 사실에서 그가 얼마나 차를 즐겼던 인물이었는지를 가늠할 수 있다. 1833년 사간원으로 제수되었으나 경기어사 이시원의 탄핵으로 평산부로 귀양을 가서 1843년에 풀려났다. 헌종 9년(1843)에는

---

8 박영보의 「西泠小艸」는 辛卯년(1831)에서 壬辰년(1832)까지 지은 시를 모은 것이다. 따라서 錦舲은 적어도 西泠에서 이 시기까지 머물렀던 것으로 추정된다. 이 문집에 자하가 蓉涇에 있으며 각기병을 치료했다는 사실이 자세히 기록되어 있다. 朴永輔, 『雅經堂集』 初集 필사본(고령박씨종친회 소장). "紫霞侍郎患脚氣八年得不厭山人青棠烟薰之方奏效故賀以一詩 … 公在霞山溶涇棲屑二年向爲調治暫還山房."

9 이현일, 앞의 글, pp.18~19.

간의대부로 임명되었고, 헌종 11년 1845년에 별세[10]하였다. 『경수당집(警修堂集)』과 『신자하시집(申紫霞詩集)』 등의 저술을 남겼다. 그의 저술 중 『신자하시집(申紫霞詩集)』은 김택영에 의해 청나라에서 간행하였다.

2) 신위와 초의의 교유

신위는 소론이지만, 품성이 호탕하여 당색을 구애하지 않고 교유하였다. 남인계인 정약용과 그 아들 정학연이나 노론계의 김조순, 김정희와도 돈독한 친분을 나눴다. 특히 당색이 같았던 소론계 이유원(李裕元, 1814~1888) 및 정원용(鄭元容, 1783~1873)과 친밀한 관계를 유지했다. 그와 초의가 교유하기 시작한 것은 1830년경으로 추정된다. 그가 정약용과 그의 아들 정학연과 깊이

---

10 1991년 김병기는 「紫霞 申緯의 예술관」에서 申緯의 졸년에 대한 이의를 제기하였다. 그는 김택영이 간행한 『申紫霞詩集』의 자하 연보를 따른다고 하였지만 『한국인명사전』과 『平山申氏宗譜』 제54호에는 신위의 졸년이 1847년으로 기록되었다고 주장하였다.

교유를 나누었고 김정희와도 교유했다는 점에서 이미 초의에 대한 얘기를 들었을 것이며 이들 중 누군가의 소개로 초의를 만났을 것이라 여겨진다. 당시 북학파 경화사족들은 초의 인품이나 수행력, 차와 시재가 있다는 소문이 퍼져 있었기 때문에 신위 또한 초의의 명성을 익히 알았을 것으로 짐작된다.

여러 자료에 의하면 실제 그가 초의를 만난 것은 1830년경이다. 당시 초의는 완호의 탑명을 구하기 위해 상경했는데, 신위는 이 무렵 외척 세력으로부터 탄핵을 받은 후 벼슬을 버리고 시흥 자하산방에 머물고 있었다. 당시의 정황은 그의 「복부집(覆瓿集)」[11] 「대서답초의병서(代書答草衣幷書)」[12]에 자세한데, 그 내용은 이렇다.

지난번 경인년(1830) 겨울, 대둔사[13] 승려 초의가 나의 자

11　『警修堂全藁』의 「覆瓿集」은 경자년(1840) 4월~10월까지 지은 詩稿集으로 신축년(1841) 봄에 엮은 것이다.

12　申緯, 『警修堂全藁』(韓國文集叢刊, 민족문화추진회 편, 2002) 291. p.602.

13　전라남도 해남군 삼산면 구림리에 소재한 사찰이다. 현재 대흥사이다.

대흥사 전경

하산방으로 찾아와서 그의 스승인 완호의 삼여탑명[14]에
서문과 글씨를 써 달라고 부탁하였다. 서문은 썼지만,
글씨는 다 쓰지 못했는데 내가 호해로 귀양을 가게 되
어 (탑명의) 글씨가 없어졌고 서문의 원고도 잃어버린 것
을 매우 안타깝게 여겼다. 올 신축년(1841) 봄에 초의가

---

14 삼여탑명은 草衣가 스승 玩虎의 탑명을 받기 위해 洪顯周를 찾은 뒤
    洪顯周의 명에 의해 申緯가 짓게 되었다. 삼여는 과거·현재·미래가
    하나라는 뜻이다.

편지를 보냈는데 요행히도 그 부본이 초의 걸망 속에 있어서 찾았다고 한다. 12년이 흘렀는데도 다시 읽으니, 마치 옛글을 얻은 것[15] 같았다. 비로소 글씨가 완성되어 돌에 새길 수 있었으니 초의가 바라던 일을 거의 마칠 수 있었다. 먼저 시 한 편을 지어 이를 축하하고, 또 소식 가득한 좋은 차에 감사한다.[16]

윗글은 그가 1841년에 쓴 것으로, 초의의 노력으로 완호 삼여탑이 완성된 것을 축하하는 시를 지어 초의에게 보냈다는 것이다. 그리고 초의에게 곤란했던 자신의 처지를 알리는 한편 완호의 탑명이 초의 걸망에 있던 초고로 완성할 수 있었다는 전후의 사정을 알게 되었다

---

15 汲冢古書는 원래 汲冢周書에서 나온 故事이다. 晉나라 太康 2년에 汲郡의 不準이라는 사람이 魏나라 襄王의 무덤을 발굴하여 先秦의 古書를 얻었다. 이 고사에서 연유된 말로 보배 같은 귀중한 책 또는 글을 말한다.

16 申緯, 「代書答草衣拉書」「覆瓿集」, 『警修堂全藁』(韓國文集叢刊 제291권, 민족문화추진회 편, 2002), p.602. "往在庚寅冬 大芚僧草衣 訪紫霞山中 以其師玩虎三如塔銘 乞余序幷書 序則成而書未成 旋余湖海竄逐 文字散亡 序稿亦失甚恨之 今年辛丑春 草衣書來 幸有其副本之在鉢囊中 而搜出者 十二之久而重讀之如得汲冢古書 始可以成書上石 庶畢草衣之願也 先以一詩賀之 且謝佳茗之充信也."

완호삼여탑 _ 대흥사 부도전

는 것이며, 근 12년 전의 일임을 회상하였다. 초의는 1830년 완호의 삼여탑명을 구하기 위해 취련(醉蓮)과 함께 상경하여 먼저 두릉의 정약용을 찾아갔고 예당[17] 김정희도 방문했다고 하니[18] 이는 김정희의 편지를 묶은『주상운타(注箱雲朶)』의 후기에 쓴 초의의 글을 통해 확인할 수 있다. 실제 초의는 취련과 함께 상경했으며 이들 사이를 오고 가며 초의 심부름을 했던 인물이 취련이었다는 사실도『주상운타』후기를 통해 밝혀졌다.

신위가 완호 삼여탑(三如塔)의 서문을 쓰게 된 연유는 홍현주(洪顯周)가 부탁했기 때문인데, 이를 위해 초의는 1830년(경인) 겨울 자하산방을 찾아갔음이 확인된다. 무엇보다 신위는 완호 탑명을 완성하지 못한 이유를 상세히 밝혀졌는데, 그가 호해로 귀양을 갔기 때문이다. 당시의 상황을 살펴보면 신위는 완호탑 서문을 완성했지만, 비문의 글씨를 완성하지 못한 채 1832년 7월 암행

---

17 禮堂은 김정희의 별호이다.

18 「注箱雲朶」 필사본 후엽. 이 자료는 草衣에게 온 金正喜의 편지를 묶은 자료집이다. 金正喜의 친필본이다. 이 서첩을 묶으며 草衣는 경인년(1830) 상경 후, 玩虎의 탑명을 구하기 위한 여정을 두루마리 말미에 기록해 두었다.

어사 황협(黃狹)[19]과 경기도어사 이시원(李是遠, 1790~1866)의 탄핵으로 평산부로 귀양을 갔던 것이다. 앞에서 인용한 신위의 글에 호해로 귀양을 갔다는 것은 바로 이 사건을 말하는 것이며 그 와중에 완호의 탑명이 모두 흩어지게 되었다는 점도 스스로 밝혔다. 초의가 완호의 탑을 완성한 해는 1841년경이다. 신위의 글은 우여곡절을 거쳐 12년이나 지난 후에야 초의 바랑 속에 있던 초고를 찾아 스승 완호의 탑을 완성했던 정황을 소상하게 밝힐 수 있었던 자료였던 셈이다.

그가 초의에게 보낸 시는 대략 4편인데 이는 초의가 완호의 탑명을 부탁하는 과정에서 일어난 일들을 상세히 기록하였다. 그에게 비문을 부탁할 때 초의는 항상 차와 시를 보냈다는 것도 밝혀졌는데, 이는 「북선원속고(北禪院續稿)」[20]에서도 확인할 수 있다.

---

19 황협의 탄핵은 결국 외척 세력의 미움을 받은 것에서 기인한 것이다. 황협은 申緯가 평산진 검사로 재직할 때 잘못을 저질렀다는 것을 論劾하는 상소를 올렸다.

20 申緯의 『警修堂全稿』 「북선원속고」는 신묘년(1831) 2~5월에 지은 것을 모은 것이다. 이때는 草衣가 상경하여 수종사에 묵고 있었다.

초의가 차운한 것을 내가 금령에게 보냈는데 시운이 너무 아름답다. 그러므로 다시 원운으로써 시를 지어 보였다. 이때 초의는 그의 스승 완호대사의 삼여탑을 세우려고 해거도위에게 탑명을 구했으며 나에게는 서문을 지어 달라고 하면서 네 개의 떡차를 보냈다. (이 떡차는) 초의가 손수 만든 것으로 보림백모(寶林白茅)라고 부르며, 시와 함께 보내왔다.[21]

이 글에서 초의가 삼여탑 서문을 부탁하며, 그에게 보림백모차를 보냈다는 것이다. 또 초의가 완호 탑명을 받기 위한 노력은 그의 「산방기은집(山房紀恩集)」[22]에 "의순이 편지를 보내 금선암[23]에서 한번 만나기를 구했지만, 이때 내가 한질이 있어서 우선 이 시를 지어 답한

---

21 申緯, 「北禪院續稿」, 『警修堂全稿』, p.368. "草衣次余贈錦舲詩韻甚佳故更用原韻賦示 時草衣爲 其師玩虎大師 建三如塔 乞銘 詩於海居都尉 乞序文於余而遺以四茶餠 卽其手製 所爲寶林白茅也 詩中幷及之."

22 『警修堂全稿』의 「山房紀恩集」은 갑오년(1834) 5~7월까지 지은 글을 묶은 것이다.

23 북한산에 있는 사찰이다. 申緯는 이곳에 주석했던 善拱과 교유하였다.

다"[24]라 하였고, 「축성팔고(祝聖八藁)」[25]에 "초의가 몸소 차와 편지를 보내 그 스승의 사리탑기를 요구하면서 또 금선암에서 한번 만나기를 원했다. 이때 형역(亨役)으로 달려가지 못하여 시로 답을 대신한다"[26]라고 한 내용을 통해서도 확인된다. 그가 초의가 보낸 차를 마시며 시비를 초월한 담담한 현인의 모습을 드러낸 것은 「축성팔고(祝聖八藁)」의 일부 내용에서다.

초의가 청공(淸供)하려 만든 차가 나의 산방에 도착했네.

조심조심 기울여 다시 자완의 차색을 감상하니

투명함 속에서 먼저 차향이 피네.

공하다는 걸 깨달았으니 무엇을 등질까.

---

24 申緯, 「山房紀恩集」, 『警修堂全稿』(한국문집총간 제291권, 민족문화추진위원회 편, 2002), p.492. "得意洵書 要余金仙庵一會時余有寒疾先此賦答二首."

25 申緯의 「祝聖八藁」는 무술년(1838) 정월~5월에 지은 시고집이다.

26 申緯, 「祝聖八藁」, 『警修堂全稿』(한국문집총간 제291권, 민족문화추진회 편, 2002), p.557. "釋草衣有書致茶 求其師舍利塔記 且願金仙庵一會 時有亨役未赴 以詩爲答."

책상을 마주하니 담담한 말, 서로를 잊었네.[27]

그는 초의가 보낸 맑은 차를 통해 혼란한 세상이 모두 공(空)하고 허망하다는 것을 깨달았다. 더구나 초의가 보낸 맑은 차를 따르니 투명한 차색, 맑은 향이 피어나 시비 분별이 사라지고 사리 분별도 일어나지 않고 피차의 경계도 사라졌다는 것이다. 차를 통한 격물(格物)을 담담히 드러낸 것이다. 1841년경 초의는 완성미를 드러낸 차를 만들었던 시기이다. 그가 보낸 차를 마신 신위는 불이(不二)의 경계를 이룬 것이며 다른 한편으론 초의가 이들과의 교유가 돈독했던 연유는 바로 차와 시였음을 드러낸 것이다. 하지만 1830년까지만 해도 초의가 만든 차는 명차로서의 격조를 갖춘 차는 아니었는데, 이는 신위의 「축성팔고(祝聖八藁)」에서 드러난다.

초의차는 맛이 너무 엷고 싱겁다. 그러므로 오래전부터 보관했던 학원차(壑源茶)와 섞어서 한 항아리에 보관하였

---

27 申緯, 위의 책, p.558. "製茶清供到山房 細傾且玩瓷甌色 透裏先聞箬
    葉香 悟在虛空何必面 對床言說淡相忘"

다. 다시 새 차와 서로 어우러지기를 기다렸다가 사용하였다. 또 시를 지어 초의에게 보이려 한다.[28]

그의 평가에 의하면 초의차의 맛은 너무 싱겁고 엷어서 학원차[29]와 섞어 차 맛을 보강하는 것인데, 이는 묵은 차와 햇차를 섞어 보관함으로써 차의 기미를 보강하고자 했다. 특히 1830년경 초의가 보낸 차가 엷고 싱겁다는 것에 주목해 보면 이 무렵 그에게 보낸 차는 작설로 만든 고급 잎차였을 것이다. 당시 초의가 잎차와 떡차를 만들었음은 앞에서 언급한 바와 같고 1818년 정약용이 귀양에서 풀려난 후 강진 제자들과 맺은 「다신계절목(茶信契節目)」에서 "곡우에 딴 어린 찻잎으로 잎차를 만들고, 늦게 딴 찻잎으로 떡차를 만든다"[30]라고 한

---

28 申緯, 위의 책, p.558. "草衣茶味太嫩故 與舊所藏壑源茶和勻同貯一籠中 更俟陳新相入而用之也 又成一詩 將以示草衣也."

29 壑源은 北苑의 남쪽으로 御茶園이 있었다. 이곳에서 나는 차를 학원차라고 한다. 명차의 일종이다.

30 丁若鏞 저, 양광식 역, 『강진과 丁若鏞』(강진문헌 제5집, 강진문헌연구회, 1997). 丁若鏞의 「茶信契節目」에 "곡우(4월 20일)에는 부드러운 찻잎을 따서 볶은 차 1근을 만들고 입하 이전에는 늦은 차를 따서 떡차 2근을 만든다"라고 하였다.

내용에서도 확인된다. 당시 곡우를 전후하여 딴 어린 찻잎으로 만든 잎차를 고급품으로 인식했고, 늦게 딴 찻잎으로는 떡차를 만든 것이다. 그러므로 당시 강진이나 대둔사 지역에서는 채다 시기에 따라 차를 만드는 방법에 차등을 두었고, 잎차를 고급 차로, 떡차를 질을 낮은 차로 인식했다. 그러므로 1830년경 초의가 만들어 선물했던 차는 떡차이며, 이들에게 올린 차는 귀중품이었다.

신위는 불교에 관해 지대한 관심을 보였던 친불 유학자였는데, 이런 사실은 초의와 나눈 석가탄신일에 대한 담론에서도 드러난다.[31] 그뿐 아니라 그의 초탈한 삶의 태도는 초의가 1831년(신묘) 8월에 쓴 「북선원알자하노인(北禪院謁紫霞老人)」에서 확인할 수 있다.

문을 연 사람은 문을 닫고 갈 사람임을 알기에

---

31 신위, 「紫霞原詩」, 『草衣詩稿』(한불전 10, 844上). "釋迦生辰遇今蚕 非我臆說亦有考 周正夏正建寅子 四月二月隨顚倒 昭王甲寅四月八 西方星作 微乾道 恒星不見井泉溢 太史蘇繇占奇兆 是則夏正之二月 世俗不考何艸艸 東人不重上元節 競說浴佛燃燈好 遂令四月初八日 硬做佛誕燈火鬧 我今鬢絲寄禪榻 二月八日春江曉 我燈無盡 本無燈 作詩佛事心虔禱."

잠깐 사이에 오십 년이 지났네.

秘閣(비각, 신위)은 단련(丹鍊)한 전 학사(前學士)인 듯

범궁에서 향 사르는 대승의 선객이라.[32]

이 글은 초의가 1831년 상경하여 북선원으로 신위를 찾아갔을 때 신위가 어떤 모습으로 삶을 영위했는지를 잘 보여준다. 이러한 그의 탈속한 삶은 초의가 지은 「자하시(紫霞詩)」에서도 거듭 확인할 수 있는데, 그 내용을 살펴보자.

차가 더욱 진수를 드러낼 때 속된 기운 고칠 수 있고

좋은 시, 아름다운 곳 모두 참선에서 득의한 듯.

비명을 청하니 과거 미래의 완호가 여기 계신 듯

삼생은 잠시뿐, 본성이 원만하네.

제자들이 성에 가득해서 돌아가지 못한 듯

32　意恂,「北禪院謁紫霞老人」,『草衣詩稿』(한불전 10, 846.下). "開門人記閉門旋 回首中間五十年 秘閣丹鍊前學士 梵宮香火大乘禪."

정을 끊자 하지만 인정에 이끌려서라네.[33]

초의가 내린 평가는 신위가 이미 참선을 통해 득의
했기 때문에 좋은 시를 지었다는 것이다. 그러므로 완호
의 비문을 청하자 과거 미래의 완호가 현재 여기에 계
신 듯 묘사했고 과거 현재 미래, 즉 삼생은 공한 것, 본
성이 자재(自在)하다고 하였다. 신위의 높은 식견으로
묘사된 완호의 수행력을 삼생을 초탈한 삼세여일(三世如
一)했던 수행자라고 평가했던 셈이다.

한편 신위는 초의뿐 아니라 금파일원(錦波一員), 범어
사의 보혜(普惠), 금선암(金仙庵)의 선홍(善洪), 직지사의
채정(采淨)[34] 등 다른 승려들과도 돈독한 우의를 쌓았다.

---

33 意恂,「紫霞詩」,『草衣詩稿』(한불전 10, 846.下). "苦茗嚴時宜砭俗 好詩佳
    處合參禪 乞銘二夢師如在 彈指三生性自圓 檀越滿城歸不得 忘情時
    有爲情牽."
34 김병기,「紫霞 申緯의 예술관」,『시서화 삼절 紫霞 申緯 회고전』(예술의
    전당, 1991), p.133.

3) 신위의 초의차 애호

신위는 몇 편의 다시(茶詩)를 남겼다. 그가 언제부터 차를 즐겼는지는 자세히 알려지지 않았지만, 그의 문예에 영향을 미쳤던 강세황(姜世晃, 1713~1791)에게 영향을 받았을 것이라 여겨진다.

익히 알려진 바와 같이 강세황은 차를 즐겼던 인물이다. 이러한 정황은 그가 쓴 「풍로명(風爐銘)」에 "향을 피우면 오래도록 남아 있고 차를 끓이면 쉽게 익는다. 나의 서재에 (이것들이) 이바지하고 있으니 혜강(嵇康)의 벽(癖)을 비웃지 마라"라고 한 것에서도 알 수 있다.[35] 이처럼 강세황이 차를 좋아하고 즐겼다면 그의 만년 제자였던 신위[36]도 강세황의 영향을 받았을 것이다.

신위가 차에 대한 높은 안목을 지니게 된 연유는 김정희처럼 연경에서 옹방강을 만나 좋은 차를 대접받았

---

35 豹菴先生行狀에 "調琴品茶"라는 내용이 들어 있다. 따라서 표암 강세황도 차를 즐겼던 인물로 여겨진다. 강세황, 「風爐銘」, 『豹菴遺稿』 (정신문화연구원, 1995), p.375. "燕香久留 烹茶易熟 供我文房 莫笑嵇癖."

36 변영섭, 『豹菴姜世晃繪畫研究』(일지사, 1988), p.47

기 때문일 것이다. 따라서 신위는 강세황을 통해 차에
눈을 떴고, 연경에서 만난 옹방강을 통해 차에 대한 감
식안이 높아졌을 것이다. 그의 『경수당전고』에는 43세
이후에 쓴 시만이 수록되어 있는데 이는 그가 연경에서
옹방강을 만난 후, 기존 원고를 모두 버렸기 때문이라고
알려졌지만 실제로는 이미 젊은 시절 자신의 원고를 불
살라 버렸다고 한다.

조선 후기 청나라의 시단을 살펴보면, 이 무렵 청에
서는 근대화와 더불어 전통문학에 대한 재검토가 일어
났다. 또 서양에서 유입된 신문학을 바탕으로 새로운 문
학 창작이 시도되었다. 특히 종송파(宗宋派)와 종당파(宗
唐派)로 나누어져, 종당파 중에서도 왕사정(王士禎, 1634~
1711)의 신운설(神韻說)과 심덕잠(沈德潛, 1673~1769)의 격
조설(格調說), 원매(袁枚, 1716~1797)의 성령설(性靈說), 옹
방강의 기리설(肌理說)이 청의 고전 시단을 대표하였다.

당시 옹방강의 시론에 영향을 받은 신위는 유소입두
(由蘇入杜)[37]라는 시작(詩作)의 입장을 가지고 사회 현실

---

37 由蘇入杜는 시를 공부하는 방법론으로, 소식의 詩格을 따라 杜甫의
詩格에 들어가 시의 神格에 이른다는 이론이다.

을 비판하는 시를 남기기도 하였다. 그는 선시일치(禪詩
一致)의 입장을 견지한 시인으로, 그의 다시(茶詩)에는
이러한 사의적(思意的) 성향이 잘 드러나 있다. 그가 시
를 지을 때 전거(典據)에 대한 고찰을 엄격히 했던 것은
고증을 중시했던 그의 학문적 성향을 드러낸 것이다.
또한 그의 시격(詩格)에서 선미(禪味)를 드러낸 점도 주
목된다.

따라서 그의 「남다시병서」는 한국 차의 연원이나 자
신의 차에 대한 입장을 서술하면서 고증을 통해 전거를
밝히려 한 점과 다시로서의 품격이 어우러진 작품이라
하겠다.

4

「南茶詩并序」 원문 및 번역문

南茶湖嶺間所産也 勝國時人
남 다 호 령 간 소 산 야   승 국 시 인

以中州茶種播諸山谷之間 種種有萌芽者
이 중 주 차 종 파 제 산 곡 지 간   종 종 유 맹 아 자

然 後之人 以蓬蒿之屬 視之
연   후 지 인   이 봉 호 지 속   시 지

不能辨其眞贗 近爲土人採之 煎而飮之
불 능 변 기 진 안   근 위 토 인 채 지   전 이 음 지

乃茶也 草衣禪師親自蒸焙 以遺一時名士
내 차 야   초 의 선 사 친 자 증 배   이 유 일 시 명 사

李山中得之 分于錦舲 錦舲爲我煎嘗
이 산 중 득 지   분 우 금 령   금 령 위 아 전 상

因以南茶歌示余 余亦和其意焉
인 이 남 다 가 시 여   여 역 화 기 의 언

吾生澹味癖於茶 飲啜令人神氣華
오 생 담 미 벽 어 차　음 철 령 인 신 기 화

龍團鳳尾摠佳品 酪漿金盤空太奢
용 단 봉 미 총 가 품　낙 장 금 반 공 태 사

假此一甌洗梁肉 風腋來從玉川家
가 차 일 구 세 량 육　풍 액 래 종 옥 천 가

江南迢遞憶桑苧 獨抱遺經書密斜
강 남 초 체 억 상 저　독 포 유 경 서 밀 사

茗錦主人 茗錦館
초 금 주 인　초 금 관

錦舲室名夕邀我 先將土銼生澹霞
금 령 실 명 석 요 아　선 장 토 좌 생 담 하

爲言此種種湖嶺 碧山千年空結花
위 언 차 종 종 호 령　벽 산 천 년 공 결 화

雲衲踏盡等莓苔 樵童芟去兼权枒
운 납 답 진 등 매 태　초 동 삼 거 겸 차 야

無人識得谷蘭馨 草衣掬擷雙手叉
무 인 식 득 곡 란 형　초 의 국 힐 쌍 수 차

僧樓穀雨細飛節 新餠蒸焙囊絳紗
승 루 곡 우 세 비 절　신 병 증 배 낭 강 사

王阮亭謝孫思遠詩 寄茶有燒筍 僧樓穀雨闌
왕 완 정 사 손 사 원 시　기 다 유 소 순　승 루 곡 우 란

歐陽脩歸田錄 近歲製作尤精 束茶以絺紗
구 양 수 귀 전 록　근 세 제 작 우 정　속 다 이 치 사

供佛餘波及詩侶 紗帽籠頭添品嘉
공불여파급시려 사모농두첨품가

盧仝謝孟簡儀茶詩 有紗帽籠頭手自煎
노동사맹간의다시 유사모농두수자전

茗士得之寄江屋
초사득지기강옥

茗士李山中自號也
초사이산중자호야

白甄封題綠雪芽
백추봉제녹설아

唐僧齊已詩 白甄封題記火前
당승제이시 백추봉제기화전

신위의 「남다시병서」

大勝薑桂老愈辣 却與蔘朮籠裏加
대승강제노유랄 각여삼출농리가

沈碧寒雲水生痕
심벽한운수생흔

施愚山茶詩沈碧寒雲杉
시우산다시심벽한운삼

釵頭玉茗須莫誇
채두옥명수막과

方翁釵頭玉茗天下妙
방옹채두옥명천하묘

操與墨自相反
조여미자상반

溫公曰茶欲白 墨欲黑 東坡曰 奇茶妙墨俱香
온공왈차욕백 흑욕흑 동파왈 기다묘묵구향

是其同德也 皆堅是其同操也 溫公曰 茶墨相反
시기동덕야 개견시기동조야 온공왈 차묵상반

抱向高人三歎嗟
포향고인삼탄차

建州葉氏歲多貢 勞人絡繹途里遐
건주섭씨세다공 노인낙역도리하

此品流來不煩力 寄到京華如蝶槎
차품류래불번역 기도경화여접차

南鄕到今好風味 便是句漏生丹砂
남향도금호풍미 변시구루생단사

記得親包社前筍 齊已妙製香生牙
기득친포두전순 제이묘제향생아

春陰蚓鳴驟雨來 未啜流涎逢麴車
춘음인명취우래 미철류연봉국차

詩情賴有合得嘗 江意樓是麤官衙
시정뢰유합득상 강의루시추관아

薛能謝茶詩 麤官寄與眞抛却 賴有詩情合得嘗
설능사다시 추관기여진포각 뢰유시정합득상

唐人舊俗以不歷臺省出領兼軍節鎭者 爲麤官
당인구속이불역대성출령겸군절진자 위추관

남다는 호남과 영남에서 난다. 전대[勝國]¹에 사람들이 중국[中
州]²에서 차 씨를 가져와 산곡(山谷)에 심었다. 종종 차 싹이 돋았으
나 후인들은 쓸모없는 잡초라 여겨 그 (차나무의) 참과 거짓을 분별할
수 없었다. 근래에 차가 나는 산지의 사람들이 찻잎을 따다가 (차를)
끓여 마시니 (이것이) 곧 차이다. 초의는 몸소 차를 만들어 당대의 명
사에게 보냈는데 이산중이 (초의차를) 얻어 금령에게 나누어 주었다.
금령이 나를 위해 (초의차를) 달여 맛보고, 「남다가」를 지어 나에게
보이니 나 또한 그의 뜻에 화답하노라.

내 삶은 담박하나 다벽(茶癖)이 있어

(차를) 마시니 정신이 환해지네.

용단봉차는 모두 가품이라

화려한 그릇에 낙장(酪漿)은 쓸데없이 너무 사치하네.

한 잔의 차로도 기름진 음식 씻어내고

겨드랑이에서 바람이 인다는 건 옥천자(노동)가 경험했지.

---

1   勝國은 전대 왕조를 가리키는 말이다. 申緯가 말한 전대는 고려이다.
     하지만 차가 신라 말에 들어왔다는 전제하에서 승국은 신라를 말한
     다고 볼 수 있다.

2   中州는 중국을 말한다.

강남 아득히 육우(陸羽)를 생각하여

홀로 다경을 품고 은밀히 베꼈네.

금령이 늦게 나를 불러(茗錦館은 錦舲의 堂號이다)

질화로 가져다가 먼저 차를 달이네.

이 차씨를 영호남에 파종해

푸른 산에서 홀로 천년을 피고 지네.

스님들 이리저리 이끼처럼 밟고 다녔고

나무꾼은 (차나무를) 베고 또 쪼갰네.

아는 사람 없는 골짜기에 난향처럼 은근한 향기,

초의스님 차 따기에 두 손이 분주하네.

승루에 곡우절, 봄비 내리고

(왕완정이 「謝孫思遠詩」에 "근래에 보낸 차, 여린 싹으로 만들었고 승
루는 곡우 비에 막혔네" 라는 구절이 있다)

새로 만든 떡차, 붉은 비단에 쌌구나.

(구양수의 「歸田錄」에 "근래 만든 차 더욱 정미해 붉은 비단으로 차를
쌌다" 라고 하였다)

부처께 공양하고 남은 차는 시인의 벗이라.

묵객의 품격을 아름답게 높여주네.

(노동의 「사맹간의다시」에 사모 쓰고 손수 차를 달인다는 구절이 있다)

초사(이산중)가 얼어서 강옥의 금령에게 보내니

(초사는 이산중의 자호)

봉한 백자항아리에는 녹설이라 써서 봉했네.

(당나라 승려 재이의 시에 "봉한 백자 항아리에 화전이라고 썼다네" 라고

하였다)

생강과 계피는 묵을수록 맵고

삼과 창출이 대바구니에서

약효가 더해지는 것보다 낫네.

푸른 하늘 흰 구름에 물결 흔적이 남아 있고

(시우산의 다시에 "찬 구름 삼나무에 푸른빛이 더하다" 라고 하였다)

화려하게 장식한 옥명차, 자태를 뽐내지 말라.

(옹방강은 "화려하게 장식한 옥명차가 세상에서 가장 신묘하다" 고 하였다)

차와 먹은 상반되지만 그윽한 향 단단함은 서로 같아서

(온공이 이르기를 "차는 희어지려 하고 먹은 검어지려 한다" 고 하였고, 동

파는 "기이한 차나 은은한 먹은 모두 향이 있어서 그 덕이 같으며 모두 견고

하니 절개가 같다" 고 하였다. 온공은 차와 먹은 상반된다고 하였다)

(차) 끼고 가는 고인(高士) 몇 번이나 감탄하네.

건주의 섭씨 해마다 공물이 많아

차를 지고 가는 사람 먼 길까지 이어졌네.

이 차의 유래야 원래 사람을 번거롭게 하는 것이 아니었지만

서울에 부쳐온 것, 마치 나비 떼 같아라.

남쪽은 지금 풍미가 좋을 때니

이는 구루지역에서 단사가 나오는 격이지.

몸소 차를 포장하던 일 떠올리니

제이가 만든 묘한 차처럼 차향이 이 사이로 피어나네.

이월에 주룩주룩 소나기 내리는데

누룩 수레 만나도 철철 넘치게 마시지 못해 침만 흘리네.

시정(詩情)이 뜻에 맞는 건 (차를) 맛봄과 부합하는 것이니

금령이 있는 강의루가 곧 추관이라.

[설능의 「사다」 시에 추관이 "진발에게 부친 것은 도리어 시정에 합치됨을 맛봄에 있다"고 하였다. 당나라 사람들의 구속(舊俗)에는 대성출령과 군절진을 거치지 않은 자를 추관이라 한다]

제 Ⅳ 장

초의 의순 연표

〈초의 의순 연표〉

나이	해	생애 주요 사실	관련 인물 사항
1	丙午 (1786)	여섯 개의 별이 어머니의 품속으로 들어오는 꿈을 꾼 후, 초의를 잉태. 4월 5일, 전남 나주군 삼향면 신기리에서 출생. 貫鄕은 興城, 張籌八의 子, 俗名은 宇恂이다. 남평 운흥사 碧峰 敏性에게 출가, 대둔사 완호 윤우에게 법을 받음. 法號는 草衣이고 法名은 意恂, 字는 中孚이다. 紫芋 · 芋社 · 海翁 · 海陽後學 · 海上也羞人 · 海老師 · 艸師 · 一枝庵 · 茗禪 등의 別號가 있다. 그의 법제자로는 恕庵 善機, 月如 梵寅이 있고 恩弟子는 乃一이 있다. 大乘戒 제자는 見香 尙薰, 萬休 自欣, 普濟 心如, 日菴 秀洪, 無爲 安忍, 梵海 覺岸 등 20여 인이다.	6월 3일, 김정희, 충남 예산군 신암면 용궁리에서 출생. 정학유 출생.
3	戊申 (1788)		황상 출생.
4	乙酉 (1789)		김조순, 동지겸서장관으로 연행.
5	庚戌 (1790)	어떤 이가 급류에 쓸려가는 초의를 구해 줌.	
7	壬子 (1792)		李晩用 출생.

나이	해	생애 주요 사실	관련 인물 사항
8	癸丑 (1793)		홍현주 출생. 윤정현 출생.
9	甲寅 (1794)		7월 18일, 김상희 출생
12	丁巳 (1797)		조희룡 출생(설)
13	戊午 (1798)		박제가, 『北學儀』進疏本 작성
14	己未 (1799)		신위, 문과에 급제. 蓮潭, 열반.
15	庚申 (1800)	남평 雲興寺에서 碧峰 敏性에게 출가. 초의는 늙은 무당이 나의 부모를 그릇되게 하여 출가했다고 하였다. 명을 잇기 위한 것으로 여겨짐.	김정희, 한산 이씨를 아내로 맞음. 6월 28일, 정조 붕어. 순조 즉위. 7월 1일, 대왕대비 정순왕후 김씨 수렴청정 시작.
16	辛酉 (1801)	운흥사에서 수행.	2월 26일, 정약용 유배됨. 9월 16일, 박제가 鐘城으로 유배됨. 見香 출생. 박제가, 사은사로 燕行.
17	壬戌 (1802)	운흥사에서 수행.	겨울, 완호, 운흥사, 관음전에서 수행.
18	癸亥 (1803)		윤치영 출생. 완호, 미황사에 거처.

나이	해	생애 주요 사실	관련 인물 사항
19	甲子 (1804)	월출산에 올라 달을 보고 開悟.	2월 24일, 박제가, 유배에서 풀림. 萬休 출생.
20	乙丑 (1805)	운흥사에서 수행.	겨울, 정약용은 兒菴에게 「貽兒庵禪子乞茗疏」를 보냄. 10월 28일, 김노경, 문과에 급제. 박제가 사망.
22	丁卯 (1807)	화순 쌍봉사에서 「八月十五日曉坐」를 지음.	1월 13일, 김노경, 통정대부가 됨. 白蓮 열반.
23	戊辰 (1808)		김정희, 예안 이씨를 再娶로 맞아들임. 박영보 출생.
24	乙巳 (1809)	완호를 따라 대둔사로 거처를 옮김. 강진으로 유배 온 정약용을 찾아감. 강진초당에서 황상을 만남. 대둔사寺中에서 초의가 정약용의 문하에 출입하는 것을 달가워하지 않아 자유로운 출입이 제한됨. 「奉呈籜翁先生」을 지어 茶山에게 보냄.	완호, 대둔사로 거처를 옮김. 정약용, 다산초당으로 거처를 옮김. 정학연, 강진 초당에서 초의와 해후. 황상, 초의와 첫 만남. 10월 28일, 김노경, 동지겸사은부사로 燕行. 김정희, 자제군관으로 아버지를 따라 燕行함. 11월 9일, 김정희 생원에 급제.

나이	해	생애 주요 사실	관련 인물 사항
24	乙巳 (1809)		허련 출생. 9월 30일, 김노경, 호조 참판이 됨.
25	庚午 (1810)	대둔사에서 「采山薪行」, 「谿行」, 「題挽日蘭若」를 지음	1월, 김정희, 태화쌍비관에서 완원을 만나 師弟義를 맺음. 태화쌍비관에서 龍鳳勝雪茶를 맛본 후 자신의 호를 勝雪道人이라 함. 1월 29일, 김정희, 이임송의 안내로 옹방강을 만나 師弟義를 맺음. 신헌 출생. 신헌구 출생. 2월 20일, 김노경, 이조 참판이 됨.
26	辛未 (1811)	대둔사에 주석 천불전이 全燒되다.	6월 6일, 김노경, 예조 참판이 됨. 兒巖惠藏 열반.
27	壬申 (1812)	대둔사에서 「悼理贊學者」를 지음. 9월 12일, 정약용을 따라 백운동 이덕휘 댁에 머물며 백운동 12승지를 돌아봄. 정약용의 요청으로 白雲圖와 茶山圖를 그려 정약용에게 보냄.	7월 18일, 申緯, 奏請王世子冊封使書狀官으로 燕行. 9월 12일, 정약용, 백운동 12승지를 유람. 이처사덕휘댁에 머물다. 9월 22일, 정약용, 초의에게 白雲圖와 茶山圖를 그리게 하고 후기를 씀.

나이	해	생애 주요 사실	관련 인물 사항
28	癸酉 (1813)	「阻雨未往茶山草堂」,「賦得池中漁苗」를 지음. 『대둔사지』 편찬에 간여함.	권돈인, 문과에 급제. 김상희, 進士가 됨.
30	乙亥 (1815)	늦여름, 첫 상경 길에 전주 한벽당에서 「登寒碧堂」을 지음. 상경 후 수종사에 머묾. 겨울, 유산의 소개로 학림암으로 거처를 옮김. 수락산 학림암에서 海鵬을 시봉하다가 김정희를 만남. 김정희의 아우 산천도인 김명희와 함께 西城에서 눈 내리는 밤, 杜樊川의 시에 차운하여 「御爐香」을 지음. 丁學淵과 함께 「蔓香閣與酉山共賦」를 지음. 「巴塘道中」,「水鐘寺懷古」,「又拈昌黎韻」을 지음.	겨울, 김정희, 눈을 헤치고 수락산 학림암으로 海鵬선사를 찾아 오다. 해붕과 함께 空覺의 所生을 논함. 김명희, 西城에서 초의를 만나 함께 시를 지음. 정학연, 초의, 李魯榮과 함께 玉磬山房에서 시를 지음. 8월 28일, 옹수곤 사망.
31	丙子 (1816)	한양에서 대둔사로 돌아옴. 대둔사로 돌아오던 중에 鶴皐道人 尹定鉉을 만나 函碧亭에서 「宿函碧亭奉贈鶴皐道人」을 지음. 대둔사에서 「次掣鯨大師寄止止翁韻」을 지음.	윤정현, 함벽정에서 초의와 시회. 無爲 출생. 정학유, 「농가월령가」지음.
32	丁丑 (1817)	한양으로 떠나는 掣鯨을 위해 전별시 「送掣鯨禪師遊漢陽」을 지음. 6월 경주 불국사에서 「佛國寺懷古」九首를 지음.	4월 29일, 김정희 경주 무장사비 斷片을 찾음. 掣鯨應彦, 한양으로 떠남. 8월, 金在元, 金敬淵, 金逌根, 김정희, 초의와 함께 東莊에 모임.

나이	해	생애 주요 사실	관련 인물 사항
32	丁丑 (1817)	초의는 경상도 감영에 내려온 김정희와 遭遇코자 했으나 만나지 못함. 8월 東莊에서 「東莊奉別東老金承旨覃齋金承旨黃山金承旨秋史金待教」를 지음.	
33	戊寅 (1818)	海南人 尹鍾晶, 尹鍾心, 掣鯨, 尹鍾參 등이 共唱한 「迦蓮幽詞」를 지음. 7월 14일 「重造成千佛記」를 쓰다. 7월 23일 홍석주가 초의에게 차를 보낸 것에 감사하는 편지를 보냄.	尹鍾晶, 尹鍾心, 掣鯨, 尹鍾參 등이 초의와 시회를 가짐. 1월 26일, 옹방강 사망. 8월 16일, 정약용, 귀양에서 풀림. 12월 27일, 김노경, 예문관 제학이 됨.
34	己卯 (1819)	대둔사에 주석	4월 25일, 김정희, 문과에 급제. 10월 24일, 권돈인, 서장관으로 연행. 金敬淵 서장관으로 연행
35	庚辰 (1820)		10월 19일, 김정희, 翰林召試에 입격함. 6월 15일, 범해, 완도에서 출생. 金敬淵 사망. 李昰應 출생.
37	壬午 (1822)	대둔사에서 「題山水圖八帖」을 지음. 茶亭 尹孝廉이 冬詞를 지어 보냈기에 春, 夏, 秋詞를 지음. 이를 「四時詞」로 만들어 윤효렴에게 보냄.	윤효렴, 초의에게 冬詞를 지어 보냄. 7월 9일, 권돈인, 전라우도 암행어사가 됨.

나이	해	생애 주요 사실	관련 인물 사항
37	壬午 (1822)	대둔사에서「送茶亭赴京試」,「金道 邨寄一律次韻却寄」를 지음.	10월 20일, 김노경, 동 지정사로 연경에 감. 김명희, 자제관으로 연 경에 감. 신위, 병조참판이 됨.
38	癸未 (1823)	대둔사에서「金剛石上與彦禪子和 王右丞終南別業之作」,「又拈昌黎韻 同賦幽居」,「又拈王藍田韻」을 짓다. 道邨 金仁恒의 草庵을 방문,「道邨 見過草庵」을 짓다. 9일, 縞衣, 掣鯨, 石帆, 荷衣와 대둔 산을 유람, 營深菴의 舊址와 泛瀛峰 및 像王臺를 오른 후,「九日與縞衣掣 鯨石帆荷衣諸師從山」을 짓다. 「九日與縞衣掣鯨石帆荷衣諸師從 山」을 지었다는 소문을 듣고 道邨이 次韻하여 보내왔기에 다시 和答한 시「道邨聞余遊山之作次韻見寄復 和答之」를 짓다. 또「又敍自懷奉寄」 三首를 짓다. 대둔사에서「寄姜秀才一炯」을 쓰다.	완호 열반. 8월 5일, 김정희, 규장 각대교가 됨. 9월 6일, 신위, 대사간 이 됨.
39	甲申 (1824)	남평 운흥사에서「松月」을 짓다. 茶亭 尹孝廉의 시에 차운한「次韻奉 酬尹茶亭」을 짓다.	윤효렴, 초의에게 시를 보내다. 김정희, 그의 집안에서 과 천에 과지초당을 지음. 月如 출생. 雪竇 출생.
40	乙酉 (1825)	5월, 천불전「상량문」을 쓰다.	12월 4일, 신위, 대사간 이 됨.

나이	해	생애 주요 사실	관련 인물 사항
41	丙戌 (1826)		6월 25일, 김정희, 충청 우도 암행어사가 됨. 6월 26일, 김정희, 비안 현감 金遇明을 봉고파 직함. 玩虎 열반. 海鵬 열반.
42	丁亥 (1827)	옛날 다산이 자하동에 머물 때 거기 서「看花詩」를 지었는데, 이 시에 화 운하여「今和」를 짓다.	10월 4일, 김정희, 예조 참의가 됨. 10월 7일, 김정희, 예조 참의에서 물러남. 김유근, 평안감사가 됨. 8월 6일, 권돈인, 예조 참판이 됨. 신위, 부인과 사별. 인생 무상을 느낀 후 친불교 적인 태도를 드러냄.
43	戊子 (1828)	장마철, 스승을 따라 방장산 칠불암 아자방에 갔다가「萬寶全書」에서 「茶錄」을 謄抄함. 완호탑이 완성되어「玩虎法師碑陰 記」를 쓰다. 남평 운흥사 남암에서 보살계를 내 리며「受菩薩戒牒規」를 짓다.	4월 17일, 김유근, 이조 판서가 됨. 11월 2일, 권돈인, 성균 관대사성이 됨. 신위, 강화유수로 제수. 普濟 출생.
44	己丑 (1829)	「道菴十詠」을 짓다. 쌍계사에서「雙溪寺次韻」을 짓다. 「奉和韓校理」를 짓다.	김정희, 규장각 검교대 교 겸 시강원 輔德으로 재직.

| --- | --- | --- | --- |
| 45 | 庚寅
(1830) | 「次韻答彦禪子」를 짓다.
일지암을 重成,「重成一枝庵」을 쓰다.
겨울, 醉蓮과 함께 상경, 수종사에 머물다. 능내리로 정약용을 찾아뵙고, 김정희를 찾아갔지만 우환으로 홍현주 집에서 머물다.
홍현주에게 완호의 탑명을 부탁하다.
신위는 홍현주의 부탁으로 완호탑의 서문을 쓰게 되다.
겨울, 수종사에서 「水鐘寺次石屋和尚韻」을 짓다.
겨울, 丁學淵과 丁學游, 匡山 등 詞伯들과 폭설로 길이 막혀 운길산방(수종사)에서 寺樓의 눈을 감상하며 시를 짓다.
「奉和西山」을 짓다.
두릉에서 丁學淵과 丁學游, 朴鍾林, 朴鍾儒와 함께 시회를 열고 「杜陵詩社與詞伯同賦」를 짓다.
菜花亭에서 丁學淵과 丁學游, 朴鍾林, 朴鍾儒와 함께 「菜花亭雅集」을 짓다.
冬至가 지난 2일에 「菜花亭賦閤梅」를 짓고 「菜花亭聯句」와 「又六言聯句」「一言至六言聯句」를 짓다.
謄抄해 온 『茶錄』을 正書, 『茶神傳』으로 편찬함. | 10월 10일, 박영보, 西泠江意樓에 머물다.
11월 15일, 박영보, 西泠江意樓에서 茗士 李山中에게 초의차를 얻다.
朴永輔가 「南茶幷序」를 지어 초의에게 證交로 보내다.
신위, 溶涇에서 각기병 치료.
신위, 제자 박영보의 「南茶幷序」에 화운하여 「南茶詩幷序」를 쓰다.
정학연, 초의와 시회를 열다.
6월 20일, 김정희, 동부승지가 됨.
7월 27일, 김정희, 동부승지 사직.
5월 6일, 왕세자 사망.
8월 27일, 김노경, 김우명과 김로에게 탄핵을 당함.
10월 2일, 김노경, 고금도로 위리 안치됨.
신위, 강화유수 사임.
백파, 龜巖寺 중건. |

나이	해	생애 주요 사실	관련 인물 사항
46	辛卯 (1831)	1월 중순, 淸凉山房의 寶相庵에서 밤에 시회를 열다. 草衣, 洪顯周, 尹正鎭, 李晩用, 丁學淵, 洪羲仁, 洪成謨 등이 모여 시를 지음. 이 시를 모아『淸凉山房詩會帖』을 만들다. 寶相菴에 김정희의 묘향산 금선대에 대한 題詩 三首를 抄하다. 다음날 다시 청량산방에서 시회를 열다. 淸凉寺 錦波山房에서『又遊淸凉山錦波山房』을 짓다. 박영보의 집에 머물며「留宿錦公房」을 짓고, 홍현주에게 보내는「一絶贈海居」를 쓰다. 「又賦四言」과 정학연에게 보낸「呈酉山」및 이만용에게 보내는 「呈東樊」을 짓다. 두릉에서 茶詩인「石泉煎茶」를 짓고,「洌水泛舟」를 쓰다. 신위에게 완호의 탑명을 부탁하며 보림백모차를 보냄. 2월 8일이 석가탄신일이라는 신위의 견해에 대한 초의의 견해를 드러낸「奉和紫霞侍郞二月八日之作」을 쓰다. 4월, 洌水에서 具行遠을 위해「具綾山壽宴詩」를 짓다. 4월, 李載毅, 具行遠과 함께 金邁淳의 집에 모여 시를 짓다. 5월, 두릉으로 이만용이 배를 타고 와 정학연과 함께 시를 짓다.	김익정, 초의와 용문산 유람. 김조순, 자신의 집에서 이재의와 능산, 초의 등과 모임. 신위, 초의에게서 보림백모차를 얻다. 이만용, 두릉으로 정학연을 찾아와 초의와 함께 시회. 신위, 북선원에 머물다. 박영보, 초의와 해후. 봄, 홍현주,『일지암시고』의 발문을 씀. 4월 신위가 北禪院의 茶半香初室에서『일지암시고』서문을 쓰다. 7월 22일 홍석주, 사은정사로 연경에 감.

나이	해	생애 주요 사실	관련 인물 사항
46	辛卯 (1831)	석호정에서 유람하며 정학연과 이만용, 정학유와 시를 짓다. 西園에서 諸公들과 모이다. 8월, 北禪院으로 신위를 찾아가다. 박영보의 집을 떠나며 「次韻留別錦舲」을 짓다. 8월, 漁山莊으로 돌아와 金益鼎과 유별하는 시 「歸漁山莊留別金夏篆」을 짓다. 정학연과 이별하며 「留別酉山」을 짓다. 금강산 유람을 계획했지만 실현되지 않음.	
47	壬辰 (1832)	대둔사에서 吳大山의 시에 화답하여 「吳大山昌烈謁酉堂於古湖和石屋閑居韻見寄次韻奉呈」을 짓다. 진도 목관으로 부임한 변지화에게 보내는 「花源奉和北山道人卞持華」와 「奉和北山道人詠畵梅畵蘭」, 「次北山牧官韻」을 짓다. 봄날, 葫山 鄭處士의 山莊에서 비 때문에 머물다. 「鄭處士輓詞」를 짓다. 해남현감 신태희의 시에 화답하여 「奉和晶陽道人申泰熙」를 짓다. 변지화가 前韻에 和答한 시를 보내와 초의에게 和答을 구하기에 「北山和前韻寄來求和」를 짓다. 변지화가 두륜산으로 와 시를 지어 보여주기에 次韻한 화답시 「北山至頭輪見贈次韻奉和」를 짓다.	오대산, 초의에게 시를 보냄. 변지화, 진도목관으로 부임. 초의와 해후. 초의에게 시를 지어 보냄. 해남현감 신태희, 초의와 시를 주고받음. 변지화 초의에게 시를 보냄. 4월 3일, 김조순 사망. 10월 25일, 권돈인, 함경감사가 됨.

나이	해	생애 주요 사실	관련 인물 사항
48	癸巳 (1833)	일지암에서 「種竹」을 짓다. 여름, 文春湖가 찾아와 준 시에 차운하여 「文春湖見訪有贈次韻和之」를 짓다. 초의, 신위에게 편지를 보냄.	황상, 초의의 「種竹」을 次韻. 「草衣禪師種竹序」를 짓다. 9월 22일, 김노경, 해배. 신위, 귀양. 범해, 대둔사 한산전에서 출가.
49	甲午 (1834)	김명희와 琴湖에서 從遊 후, 留別을 회상한 시 「琴湖留別山泉道人」을 짓다. 起山이 「謝茶」 長句詩를 보냈기에 次韻하여 和韻하여 올리고 아울러 김정희에게 보내는 시 「起山以謝茶長句見贈次韻奉和兼呈雙修道人」을 짓다. 가을, 김정희와 더불어 長川別業에 묵으며 「與雙修道人秋宿長川別業」을 짓다. 가을, 莕溪拈司空圖詩品의 '流水今日明月前神' 八字의 辭를 가지고 각각 三韻短律로 賦를 지었는데 '나는 水字를 얻었다'는 「甲午秋菊莕溪拈司空圖詩品流水今日明月前神八字各賦三韻短律余得水字」를 짓다. 다시 「又拈曺唐」을 짓다.	起山, 초의에게 「謝茶」 시를 보냄. 김명희, 금호에서 초의와 시를 짓다. 김정희, 초의와 함께 장천별업에서 묵음. 8월 24일, 권돈인, 함경감사 사직. 11월 13일, 순조 붕어. 11월 18일, 헌종 즉위. 순원왕후 김씨가 수렴청정. 홍석주, 이조판서 역임.
50	乙未 (1835)	대둔사 한산전에서 허련을 처음으로 만남.	허련, 초의와 첫 만남. 12월 7일, 권돈인, 진하겸사은정사로 연경에 감. 범해, 호의를 은사로 모심.

나이	해	생애 주요 사실	관련 인물 사항
51	丙申 (1836)	가을, 關西의 贊스님이 말을 구하기에 一偈를 보낸 「關西贊上人求語聊以一偈贈送」을 짓다. 彌陀佛改金募緣疏의 後題인 「題彌陀佛改金募緣疏後」를 쓰다.	7월 9일, 김정희, 병조 참판이 됨. 11월 8일, 김정희, 성균관 대사성이 됨. 김정희, 초의에게 편지를 보내 「안분수경」을 얻었다고 함. 권돈인, 進賀兼謝恩使로 연행. 정약용 사망. 홍석주, 南膺中의 역모 사건에 연루.
52	정유 (1837)	여름, 「東茶頌」 저술 「上海居道人書」를 지음.	3월 30일, 김노경 사망. 7월 4일, 권돈인, 병조 판서가 됨.
53	戊戌 (1838)	봄, 금강산에서 秀洪과 함께 「遊金剛山詩」를 짓다. 입춘날, 東皇을 맞으며 「風入松」을 짓다. 완호 사리탑 완성. 성동정사에서 「해거도인시집」 발문을 씀. 초의, 학림암에 머묾.	홍현주, 초의의 「遊金剛山詩」에 唱和한 시를 쓴다. 홍현주, 초의에게 시집 발문을 부탁. 4월 8일, 김정희, 초의에게 편지를 보내 초의차가 화후의 조절이 미흡하다고 지적함. 김정희, 초의에게 편지를 보내, 차를 덖을 때 온도에 주의하라고 함. 김정희, 초의에게 대둔사로 돌아가라고 권함.

나이	해	생애 주요 사실	관련 인물 사항
53	戊戌 (1838)		김정희, 초의에게 예서 한 폭과 향을 보냄. 신위, 초의차가 너무 여리다는 지적을 시로 남김. 12월, 김정희, 허련을 칭찬, 초의와 화삼매를 참증하지 못하는 아쉬움을 드러냄. 4월 17일, 권돈인, 경상 감사가 됨. 8월, 허련, 월성궁으로 김정희를 찾아감.
54	己亥 (1839)	두릉에 가는 길에 허련이 임모한 그림을 가지고 가 김정희에게 보임. 박영보를 찾아가 차를 주고 며칠 머물다.	5월 25일, 김정희, 형조 참판이 됨. 7월 16일, 권돈인, 이조 판서가 됨. 허련, 서울로 오라는 초의 편지를 받음. 조희룡, 초의에게 詩帖을 보냄. 홍석주, 복직. 김정희, 초의에게 편지를 보내, 초의의 「관음 진영」을 김유근이 소장하고자 하고 이 도상에 찬을 쓰고자 한다는 사실을 초의에게 알림.

나이	해	생애 주요 사실	관련 인물 사항
55	庚子 (1840)	9월, 이만소가 찾아와 시를 남겼기에 차운한 시 「乙亥九月李晚蘇見訪留題一絶次韻奉呈」을 짓는다. 입동날, 全醫를 찾아갔지만 만나지 못하고 이만소가 지은 시에 차운한 시를 李三晩에게 남겨두고 오다. 여름, 전주에 있는 죽림정사에 모여 「夏日會竹林精舍」를 짓는다. 가을날, 앞 시에 차운하여 吳永河에게 보내는 「秋日用前韻寄吳河槎」를 짓는다. 가을, 백운동에서 백학을 보고 「白雲洞見白鶴翎有作」을 짓는다. 차나무 분재를 얻어 「借分一株又疊一首」를 남겼다. 가을, 이만소를 찾아갔다가 만나지 못하고 이삼만 집에서 비오는 밤에 「訪晚蘇不遇留宿蒼巖夜雨」를 짓는다. 雲篶樓에서 水使인 沈樂臣과 함께 「雲篶樓陪水使沈公同賦」를 짓던 날 정학연이 시를 보내왔기에 화답하는 「春日西山見寄一絶奉和答之」를 짓는다. 9월 20일 저녁, 제주도로 유배 가는 김정희가 대둔사 일지암에 도착. 차를 마시며 밤새워 담론하다. 9월 21일, 제주도로 출발하는 김정희를 완도 梨津浦까지 배웅. 9월 23일, 김정희를 위해 濟州華北津圖를 그리다. 헌종으로부터 「大覺登階普濟尊者艸衣大禪師」라는 사호를 받다.	가을, 이삼만의 집에서 초의와 만남. 6월, 김정희, 동지부사에 임명됨. 김정희, 黔湖別墅로 거처를 옮김. 8월, 김정희, 예산 고향집으로 내려감. 7월 14일, 권돈인, 형조판서가 됨. 8월 20일, 김정희, 예산에서 끌려옴. 9월 2일, 김정희, 제주도로 유배를 떠남. 9월 20일 저녁, 일지암에 도착. 9월 21일, 대둔사를 떠나 제주도로 출발. 9월 23일, 초의가 김정희에게 제주 화북진도를 그려줌. 12월 17일, 김유근 사망. 12월 25일, 헌종, 親政. 허련, 김정희의 집에 머뭄.

나이	해	생애 주요 사실	관련 인물 사항
56	辛丑 (1841)	입춘에 봄을 맞으며 「臨江仙」을 짓다. 1월 13일, 헌종이 지은 「詠新月」에 화답한 「奉和御題詠新月」을 쓰다.	김정희, 초의차를 극찬 하는 글을 남김. 허련, 초의에게 보낸 편 지에 대둔사 寺中 차품 을 칭찬하는 글을 보냄. 1월 16일, 권돈인, 이조 판서가 됨. 2월, 허련, 대둔사를 거 쳐 제주도로 김정희를 찾아감. 6월 8일, 허련, 작은아 버지의 부음을 듣고 제 주도를 떠남. 완호탑이 완성. 大隱 朗悟 열반.
57	壬寅 (1842)	徐尙君의 挽詞인 「徐處士尙君挽詞」 를 짓다.	김정희, 제주에서 편지 를 보내 초의의 제주행 차를 재촉함. 김정희, 초의차를 극 찬, 다삼매를 나퉜다고 평함. 12월 15일, 김정희, 부 인의 부고를 받음. 11월 11일, 권돈인, 우 의정이 됨. 허련, 강진병영의 兵使 李德敏의 幕下에 있었음. 홍석주 사망.
58	癸卯 (1843)	봄, 獨樂齋에서 次韻하여 「獨樂齋次 韻」을 짓다.	김정희, 초의에게 절에 서 만든 小團을 구해달 라는 편지를 보냄.

나이	해	생애 주요 사실	관련 인물 사항
58	癸卯 (1843)	雲翁 金珏과 月槎가「濟牧李公素詩遂次望京樓韻」의 韻으로 시를 보냈기에 그 韻으로「雲翁月槎用前韻見寄次韻却寄」를 지어 보냄. 柏庄에 유람했는데 운옹이 오지 않아「遊柏庄次韻」을 짓다. 高逸 사람과 錦城으로 가던 도중 비를 만나 行字로「與高逸人將向錦城途中逢雨得行字」를 짓다. 水相인 申觀浩가 시를 보내 이에 화답하는「奉和于石申公見贈」을 짓다. 가야산 북쪽 眠湖 가에 있는 海宗庵에서 蓮翁의 시에 차운하여「海宗庵次蓮翁韻」을 짓다. 여름, 제주도에서 李然竹에게 답한 시「瀛洲答李然竹」을 짓다. 제주목사 李源祚가 시를 요구하기에 望京樓를 次韻하여「濟牧李公素詩遂次望京樓韻」을 짓다. 10월, 운엄도인 김각의 시에 차운하여「次雲广道人韻」을 짓다. 겨울, 현재에서 운을 내어 함께 지은「縣齋拈韻同賦」를 짓다. 40년 만에 고향을 찾아「歸故鄕」을 짓다. 木鎭을 지나다가 休將亭에서 차운하여「過木鎭休將亭次韻」을 짓다. 초의, 제주에서 말을 타다가 볼기살이 벗겨지는 부상을 당함.	7월, 허련, 대둔사에 머물다가 제주목사 李容鉉의 幕下로 들어감. 김정희, 백파와 서신을 통해 선리 논쟁. 10월 26일, 권돈인, 좌의정이 됨. 김정희, 우수사 신관호에게 허련을 소개. 허련, 해남 우수사로 부임한 신관호의 막하에서 지냄. 신위, 해배. 윤정현, 식년과 급제. 김정희, 초의에게 남평에서 나는 책백지를 보내달라고 요청. 10월, 김정희, 초의의 병세를 문안하는 편지와 안경을 보냄. 차를 보내달라고 요청하는 편지를 보냄. 대둔사에서 생산한 차를 100원어치 사달라고 요청함. 김정희, 초의에게 편지를 보내, 자흔과 향흔이 차를 보낸 것에 감사.

나이	해	생애 주요 사실	관련 인물 사항
59	1844		김정희, 일노향실을 써서 초의에게 보냄. 산이화와 차를 보내달라고 요청하면서 차는 습할 때 보내지 말 것을 당부함. 김정희, 초의차를 극찬함.
60	乙巳 (1845)	정학연이 시를 보내 왔기에 「奉和酉山見寄」를 지어 화답하다. 정학연의 「茶詩」에 화답하여 「奉答酉山茶詩」를 짓다. 정학유의 「茶詩」에 화답하여 「奉答耘逋茶詩」를 짓다.	許鍊, 憲宗을 알현, 헌종이 허련에게 초의에 대해서 묻다. 丁學淵, 초의에게 「茶詩」를 보냄. 丁學游, 초의에게 「茶詩」를 보냄. 1월 11일, 권돈인, 영의정이 됨. 정학연, 『유산시첩』에서 황상의 室名 중 동쪽을 石影室이라 했는데 이는 김정희가 지은 것임을 밝힘.
60	乙巳 (1845)		황상, 두릉을 방문, 정약용의 10주기에 참석. 정학연과 黃丁契를 맺음. 신위 사망.
61	丙午 (1846)		1월, 허련, 신관호를 따라 상경. 권돈인의 집에 머뭄.

나이	해	생애 주요 사실	관련 인물 사항
61	丙午 (1846)		신관호, 귀경. 8월, 권돈인 영의정 사직. 박영보, 평안도 청북암 행어사가 되다. 김정희, 초의에게 『진 묵유고집』에 대해 평하 는 편지를 보냄. 수룡 열반.
62	丁未 (1847)	『震默祖師遺蹟攷』 편찬. 초의, 김정희에게 차를 보냄.	봄, 허련, 제주도로 김 정희를 찾아감. 이삼만 사망.
63	戊申 (1848)		8월, 신관호, 허련에게 상경하여 入侍하라는 왕명을 전함. 허련, 신관호의 주선으 로 전주에서 古阜監試 에 급제. 9월 13일, 허련, 초동의 신관호의 집에 머물며 헌종에게 그림을 진상. 10월 11일, 허련, 초시 에 합격. 10월 28일, 허련, 春塘 臺會試에 합격. 12월 6일, 김정희, 해 배됨. 金潭 普明 열반.
64	乙酉 (1849)	황상의 「草衣行」에 화답하여 「一粟 菴歌幷序」를 쓰다.	겨울, 황상, 초의를 찾 아가다.

나이	해	생애 주요 사실	관련 인물 사항
64	乙酉 (1849)		황상, 초의에게 「草衣行」「乞茗詩」를 써 보냄. 1월, 김정희, 상경, 江上에 머물다. 1월 15일, 허련, 御前入侍. 2월 28일, 김정희, 해배되어 소완도에 도착했음을 초의에게 알림. 1월 17일, 신관호, 금위대장에 임명됨. 3월, 서양선박이 출몰, 민심 동요. 6월 6일, 헌종 붕어. 권돈인 영의정에 임명됨. 철종, 왕으로 추대됨. 순원왕후, 수렴청정 7월 23일, 신관호, 유배됨.
65	庚戌 (1850)	김명희의 「謝茶」에 화답하여 「奉和山泉道人謝茶」를 짓다.	2월, 김정희, 초의에게 편지를 보내 대혜종고를 비판. 김명희, 「謝茶」를 지어 초의에게 보내다. 김정희, 허련에게 초의암에서 차를 구해 보내라는 편지를 보냄. 허련, 대둔사로 내려감 11월, 김정희, 법원주림을 얻었다고 함.

나이	해	생애 주요 사실	관련 인물 사항
66	辛亥 (1851)	大光明殿 신축. 대광명전을 단청하다. 『一枝菴詩稿』완성	1월, 김정희, 초의에게 차를 보내달라는 편지를 보냄. 신관호, 『일지암시고』의 발문을 씀. 7월 13일, 권돈인, 狼川에 중도부처됨. 7월 22일, 김정희, 북청으로 유배됨. 9월 16일, 윤정현, 함경 감사가 됨. 10월 12일, 권돈인, 순흥에 유배됨. 김상희, 과천으로 放逐. 12월, 김정희, 북청에서 해배, 尙薰에 대한 깊은 애정을 토로하는 편지를 초의에게 보냄.
67	壬子 (1852)	일지암을 떠나 一爐香室에 거처함.	8월 19일, 김정희, 초의가 절을 지었다는 것과 차품의 품격이 높다고 언급한 편지를 허련에게 보냄. 8월 13일, 권돈인, 해배.
68	癸丑 (1853)	쾌년각에 머뭄.	4월 30일, 신관호, 유배지를 옮김. 김정희, 초의에게 편지를 보내 관악산 물을 비교해 보자고 청함.

나이	해	생애 주요 사실	관련 인물 사항
69	1854		김정희, 초의가 보낸 차를 받고 감사하는 편지를 보냄 12월, 김정희, 초의에게 차를 보내달라고 요청
70	乙卯 (1855)		허련, 정학연을 처음 만남. 허련, 과지초당으로 김정희를 찾아옴. 정학유 졸. 정학연, 「一粟山房記」를 지음. 5월, 김정희, 초의에게 화엄경에 대해 논의
71	丙辰 (1856)		5월, 김정희, 해붕대사 화상찬을 씀. 10월 10일, 김정희 서거. 허련, 진도에 운림산방을 마련함.
72	丁巳 1857	봄, 해남을 출발, 김정희를 조문하는 일과 신위에게 완호의 비문을 받기 위해 상경, 과천 과지초당에서 겨울을 지냄.	1월 4일, 신관호, 해배. 김명희 졸. 윤치영 졸.
73	戊午 (1858)	2월, 김정희 영전에 「阮堂金公祭文」을 지어 조문. 6월, 「樹先師塔碑祭文」을 쓰다.	정학연, 전주관영에 편지를 보내 초의의 歸寺에 도움을 요청.

나이	해	생애 주요 사실	관련 인물 사항
74	己未 (1859)	「表忠祠移建記」를 쓰다.	정학연 졸. 권돈인 졸.
75	庚申 (1860)	대둔사에 머뭄. 「海印寺大雄殿及大藏閣重修勸善文」을 쓰다. 「赤蓮庵改金募緣疏」를 짓다.	海鵬의 제자인 雲皐가 초의에게 안부편지를 보냄.
76	辛酉 (1861)	2월 「表忠祠移建記」를 쓰다.	1월 19일, 금명 보정, 곡성에서 출생. 2월 3일, 김상희 졸.
77	壬戌 (1862)	대둔사에 머뭄.	박영보, 동지사 부사로 연행.
78	癸亥 (1863)	「珍島雙溪寺大雄殿佛像改金疏」를 쓰다.	황상 졸.
79	甲子 (1864)	「樂棲庵重修記」를 쓰다.	
80	乙丑 (1863)		홍현주 졸.
81	丙寅 (1866)	7월 2일 快年閣에서 열반.	조희룡 사망설.
死後 1년	丁卯 (1867)		서암, 『一枝庵書冊目錄』을 씀.
死後 2년	戊辰 (1868)	초의의 衣鉢이 진불암에 보관됨.	허련, 초의 終喪 齋에 나아가 곡함. 호의 열반.

나이	해	생애 주요 사실	관련 인물 사항
死後 6년	辛未 1871	草衣塔 建立.	봄, 이희풍, 「草衣大師 塔銘并序」를 쓰다.
死後 7년	壬申 1872		박영보 졸.
死後 10년	乙亥 (1875)		10월, 신헌구, 月如禪 室에서 『一枝菴詩稿』 발문을 쓰다. 금명, 송광사에서 출가. 만휴 열반. 普濟 열반.
死後 11년	병자 (1876)		서암 열반. 신헌, 「草衣大宗師塔碑 銘」 撰하다. 신정희, 「草衣大宗師塔 碑銘」을 篆하다.
死後 12년	戊寅 (1878)		범해, 「草衣茶」를 짓다.
死後 24년	庚寅 (1890)		5월, 梵寅, 『一枝庵文 集』 편집.
死後 40년	丙午 (1906)		상운, 쌍수, 『草衣詩集』 간행.
死後 47년	癸丑 (1913)		高碧潭, 『禪門四辨漫 語』 간행.
死後 75년	辛巳 (1941)		4월, 應松, 초의대종사 탑비 재건립. 石顚 朴漢永, 초의대종 사탑비 陰記를 쓰다.

〈참고문헌〉

1. 원전

의순, 『다신전』, 아모레퍼시픽 박물관 소장본

____, 「동다송」, 상동

____, 「동다송」, 백열록본

____, 「동다송」, 석경각본

____, 『일지암문고 한국불교전서 10』, 동국대출판부, 1989

각안, 『범해선사문집 한국불교전서 12』, 동국대출판부, 1989

____, 『동사열전 한국불교전서 12』, 동국대출판부, 1989

육우, 『다경』

장원, 『다록』

고원경, 『다보』

손대수, 『다보외집』

고염무, 『일지록』

봉연, 『봉씨견문록』

서긍, 『선화봉사고려도경』(臺灣古宮박물관)

『중국고대다도비본』(오십種 1-4 중국도서관문헌축미복제중심, 2003)

일연, 『삼국유사』

김부식,『삼국사기』

『고려사』

『고려사절요』

『조선왕조실록』

『불조직전종파』, 필사본

『만덕사지』

『대둔사지』

이능화,『조선불교통사』(보련각, 1972)

이규보,『동국이상국전집』

김매순,『대산집』(한국문집총간 294, 민족추진위원회, 2002)

김정희,『주상운타』, 친필본, 개인소장

_____,『모완첩』, 필사본, 개인소장

金命喜,『친필간찰』, 박동춘 소장

운엄김각,『운관축』, 친필본, 박동춘 소장

금령박영보,『남다병서』, 친필본, 박동춘소장

_____,『서냉하금집』, 친필본, 고령박씨종친회 소장

_____,『연총록』, 친필본, 고령박씨종친회 소장

_____,『금령문선』, 친필본, 고령박씨종친회 소장

_____,『아경당시집』, 친필본, 고령박씨종친회 소장

_____,『자운음고』, 친필본, 고령박씨종친회 소장

범해각안,『미필정고』, 친필본, 개인소장

이덕리,『강심』, 복사본, 개인소장

김명희,『다법수칙』, 필사본, 개인소장

_____,『연천집』(한국문집총간 293, 민족추진위원회, 2002)

김시습,『매월당집』

변지화,『친필간찰』, 박동춘 소장

서유구『임원경제지』, 보경문화사, 1983

서거정,『필원잡기』

성현,『용재총화』, 조선고서간행회, 1909

신위,『남다시병서』, 친필본, 박동춘 소장

_____,『경수당전고 한국문집총간 291』, 민족추진위원회, 2002

신헌,『신헌전집』, 아세아문화사, 1990

서암,『일지암서책목록』, 필사본, 박동춘 소장

운고,『친필간찰』, 박동춘 소장

정학연,『친필간찰』, 개인소장

_____,『일속산방기』, 김정희 친필본, 개인소장

황상,『초의행』, 친필본, 박동춘 소장

_____,『치원유고』, 필사본, 개인소장

허련,『친필간찰』, 개인소장

2. 단행본

김상엽, 『소치 허련』, 학연문화사, 2002

김운학, 『전통다도풍속연구』, 문화재관리국, 1980

_____, 『한국의 차문화』, 현암사, 1983

김영호 평역, 『소치실록』, 서문당, 2000

김정희, 『완당선생전집』, 민족문화추진회편, 1989

_____, 『완당전서 천.지.인』, 과천문화원, 2005

고형곤, 『선의 세계 1』, 운주사, 1995

용운 편, 『초의전집』, 아세아문화사, 1985

박영희, 『동다정통고』, 호영출판사, 2015

박동춘, 『초의스님전상서』, 이른아침, 2019

_____, 『추사와 초의』, 이른아침, 2015

_____, 『박동춘의 한국차문화사』, 동아시아, 2016

_____, 『초의선사의 차 문화연구』, 2010, 일지사

범해각안 찬, 김륜세 역, 『동사열전』, 광제원, 1991

송재소·유홍준 외, 『한국 차문화 천년 1』, 돌베개, 2009

이창숙, 『커피와 차, 인문으로 마시다』, 문화살림, 2015

임명석, 『추사와 그 류파』, 대림화랑, 1991

예술의전당, 『김정희문자반야, 한국서예사특별전 25』, 2006

정약용, 『여유당전서』, 민족문화추진회, 1995

정민, 『(조선 지식인의 내면 읽기) 미쳐야 미친다』, 푸른역사, 2004

최규용, 『금당다화』, 이른아침, 2004

최남선, 『조선상식문답』, 민속원, 1997

_____, 『심춘순례』, 신문관, 1926

최완수 외, 『진경시대』, 돌베개, 1998

효동원 편, 『다향선미 1』, 비봉출판사, 1986

_____, 『다향선미 2』, 보림사, 1989

중화다인연의회 공저, 『중국차엽오천년』, 인민출판사, 2001

초의 의순의 동다송·다신전 연구

초판 1쇄 인쇄 2020년 3월 18일
초판 1쇄 발행 2020년 3월 25일

지 은 이 박동춘 · 이창숙

펴 낸 이 김환기
펴 낸 곳 도서출판 이른아침
주   소 경기 고양시 일산동구 일산로 142 유니테크빌벤처타운 263-5호
전   화 031-908-7995
팩   스 070-4758-0887
등   록 2003년 9월 30일 제 313-2003-00324호
이 메 일 booksorie@naver.com

ISBN 978-89-6745-095-3